JN318835

吸血鬼はお年ごろ

赤川次郎

集英社文庫

イラストレーション／ホラグチカヨ
目次デザイン／川谷デザイン

吸血鬼はお年ごろ

CONTENTS

吸血鬼はお年ごろ

第一話　永すぎた冬

1

「次は長沢《ながさわ》ダム入り口」

もう、都会ではとっくの昔に消え去った女性の車掌《しゃしょう》が、くたびれて、すり切れた紺《こん》の制服姿で、面倒くさそうに言った。

ときどき、ブルブルと、奇妙《きみょう》な振動を起こしながら、バスは山道をのろのろと進んでいる。乗客は四人だけ。——そのうちの三人は、一見して地元の人間とわかる、どこか似た顔つきをしている。

残るひとりは、都会から来たのが、これもひと目でわかる若い娘で、すっきりとモダンなセンスのブレザー姿。たぶん、高校生ぐらいであろう。

白すぎるくらい色白の顔も、日本人離れして、目鼻立ちはくっきりと、よく整った美人だ。

それでいて、窓の外に展開する山と谷の光景を眺《なが》める視線には、物珍しさよりも、懐《なつ》かしさがあるようだった。

その娘は、車掌の声に、ふと顔を上げ、

「あの——すみません」

と声をかけた。

「はい？」

「火《ひ》の木村《きむら》のバス停は……」

「火の……？」

「火の木村です」

若い車掌はキョトンとして、

「火の木村ですかあ？」

「ええ。次は火の木村じゃありません？」

そこへ、話を耳にした運転士が割ってはいった。

「お客さん、火の木村のバス停は、もうなくなったがね」

「あら、困るわ」

と娘はとまどい顔で、

「私、そこで降りたいんですけど」

「火の木村はもうだれも住んどらんよ」

「それでもいいんです」

「わかった」

運転士は快《こころよ》くうなずいた。

「じゃ止めてやるよ」

「ありがとう」

娘はホッとしたようすで、再び窓の外へ目を向けた。

初秋。——やっと四時だというのに、もう山間《やまあい》は黄昏《たそがれ》の色が濃《こ》くなっている。

くねくねと続く山道は、バスと乗用車がやっとすれ違えるくらいの道幅しかなく、たまにトラックとでも出会おうものなら、どちらかが、道の端、ぎりぎりまで後退しなくてはならない。

道の片側は、岩肌《いわはだ》のむき出しになった、山の急な上り斜面で、反対側はまた、優《ゆう》に五十メートルは落ち込んで、切り立った断崖《だんがい》である。ガードレールさえないこの崖《がけ》の道から、ふしぎにも落ちた車がないというのは、そもそも車というものが、バス、トラック以外はほとんど通らないからだろう。

崖の下は、渓流《けいりゅう》が岩に砕《くだ》ける谷川で、その向こうは、また一気に、緑の壁となって、山の頂上へとせり上がっている……。

「——ここだよ、お客さん」

バスが止まった。娘は、小さなボストンバッグを網棚《あみだな》から下ろして、降車口から降りかけた。

「いいかね」

と人のよさそうな運転士が声をかける。

「二時間後のバスがきょうの最終だからね。乗り遅れないようにしなさいよ」

娘は微笑《ほほえ》んで、

「ありがとう」

と礼を言うと、バスを降りた。

黒い煙を吐き出してバスが走りだす。娘は、バスがくねくねと蛇行《だこう》する山道を、見え隠《かく》れしながら遠ざかり、やがて見えなくなるまで見送っていた。

それから、かつてバス停があった場所に、わずかながら、標識の跡らしい凹《へこ》みがあるのを見つけた。

山腹を割って、ゆるい上り勾配《こうばい》の細い道が、深い茂みの奥へと続いている。通る人も絶えたのか、道にはだいぶ雑草がはびこっていた。

そのうち、道は消えてなくなってしまうだろう。

娘は、ゆっくりとした足取りで、その道へと分け入っていった。悪路は承知の上なのか、しゃれた服とはいささかふつりあいな、底の平たいスポーツシューズをはいていた。

「ゆっくり行きましょ」

と彼女は、独《ひと》り言《ごと》を言った。

「まだ時間はあるわ」

彼女の名は、神代《かみしろ》エリカといった。十八歳。東京の高校三年生である。

そのエリカが、この山奥の村へ、何をしに来たのだろうか？　それも、人がいなくなった村に……。

道は深くはいるに従って、雑草が茂り、ますます歩きにくくなっていた。目に見えないクモの巣が、顔にまつわりつくし、ときには彼女の背丈《せたけ》ほどもある草が、足やスカートにからみついて閉口《へいこう》した。

「もうそろそろ着いてもいいはずだけど……」

エリカは呟《つぶや》いた。

不意に、彼女の呟きに答えるように、足下《あしもと》に視界が広がった。道は急な下りになって、山間《やまあい》の窪地《くぼち》に立ち並ぶ集落へと続いている。

彼女は一瞬、痛ましいまなざしでその家々を見やった。そこには人もなく、灯《ひ》も、煙も、声も、何もなかった……。

火の木村。過疎《かそ》の村。——いまや、そこは廃屋《はいおく》の集まりにすぎなくなっている。見捨てられた家々は、しかし、まだほとんどかつての外形を保《たも》っていた。無人の村、というのが、一見しただけでは、信じられないようだった。

エリカは、注意深く道を下りはじめた。下りきった所は、村の大通りの始まりで、その一本の通りを挟《はさ》んで両側に家屋が立ち並んでいるのが、この村のほとんどすべてである。

不意に風が立って、道の表に砂埃《すなぼこり》を走らせた。通りの中央を静かに進んでいきながら、エリカは、ふと場違いな微笑を浮かべた。まるで自分が西部劇のヒーローになって、ゴーストタウンで決闘を始めようとしている連想が浮かんだのだ。

ときどき、はずれた戸が風でパタンと叩《たた》きつけられ、どこかが、ギーッときしむ音がする。犬一匹、猫一匹、生き物は姿さえないようだった。

村を半《なか》ばまで来たところで、車輪のはずれた荷車から、急に蛇《へび》が鎌首《かまくび》をもたげて、エリカをぎくっとさせた。蛇は、突然の闖入者《ちんにゅうしゃ》を警戒《けいかい》するように、そろそろと迂回《うかい》していく彼女の動きをじっと追っていたが、やがて興味を失ったように、荷車の中へ姿を消した。

「やれやれ」

とエリカは息をついた。

「おどかさないでよ……」

村のはずれまでやってきたころから、急に陽《ひ》が暮れかかって、風も冷《ひ》え冷《び》えとしてきた。エリカは小さな小屋の横手をはいって、そこから、裏山への狭《せま》い踏み分け道を辿《たど》りはじめた。そこはほとんど文字どおり道なき道で、切り立った岩だらけの山肌の、わずかな隙間《すきま》という感じだった。そこが道で、その先に何かがあるとはとても思えぬ場所だった。——そこを、彼女は、ひと足ごとに息をつきながら、苦労して進んでいく。気をつけなければ足を挫《くじ》くか、転ぶかしてしまいそうで、神経の疲れる道だった。山間を吹き抜ける風が鳴らす笛のような音に混じって、水音が耳に届いてきたときはホッとして思わず笑《え》みが浮かんだ。

滝は、以前と少しも変わりなく、十メートルばかりの落差を白い幕となって落ち込んでいた。滝壺《たきつぼ》から優に二十メートルは離れているエリカの所へも、水しぶきが細かい霧《きり》となって飛んできて、肌を刺した。

ボストンバッグから薄手のビニールのレインコートを出して着込むと、彼女はきちんとボタンをひとつ残らずはめた。それからフードをかぶると、滝が落ち込み、そこから小川が流れ出している小さな池のふちを巡《めぐ》って滝壺へ近づいていった。

近づくにつれ、浴びせられる水しぶきは当然のことながらひどくなって、ほとんど目を開いていられないほどになった。足下の岩は濡《ぬ》れてヌルヌルと滑《すべ》りやすく、ちょっとからだのバランスを失えば、池へ転落する。

急ぎたい衝動《しょうどう》と闘いながら、慎重《しんちょう》に歩を進めて、ようやく、エリカは滝壺の裏側へ、はいり込んだ。

——岩と岩の重なり合った、わずかの隙間に、からだを横にして滑り込むと、一瞬ののちには彼女は洞窟《どうくつ》の中にいた。ところどころの割れ目からさし込む残照《ざんしょう》が、洞窟の中をわりあいに明るく浮かび上がらせている。

洞窟は、幅三メートルばかりの奥深い通路で、初めは天然のものだったのだろうが、床の部分が平らに削《けず》られているのは、明らかに人の手が加えられていることを示していた。湿《しめ》っぽく、冷たかったが、なにしろまずエリカはコートを脱ぎ、丸めて下へ置くと、バッグからタオルを取り出し、濡れた顔や首筋、髪をていねいに拭《ぬぐ》った。

さし入る光に、夕焼けの色が混じって、洞窟の中をオレンジ色に染めはじめた。

エリカは、洞窟を奥へと進んでいった。――油煙《ゆえん》の匂《にお》いが鼻につくと、すぐに洞窟の、ひらけた場所に出る。

そこは、通路から荒削《あらけず》りな石段を三段下りた、平土間《ひらどま》風の、石造りの部屋で、周囲の壁に油を燃やす明かりが取りつけられ、ほの暗い光を投げている。

ほぼ円形をした平土間には、中央にある、ただひとつの物を除いては、何ひとつ置かれていなかった。

エリカは石段に腰を下ろして、腕時計を見た。

「もう少しね……」

と呟くと、陽が落ちて平土間の中央に横たわる石の棺のふたが開くのを待った……。

2

涼子《りようこ》は目を開いて、周囲のようすをうかがった。静かな寝息、騒々《そうぞう》しいいびき、耳ざわりな歯ぎしり……。だれもが眠っているようだった。

昼間、思い切り暴《あば》れた疲れで、みんなすでに眠り込んでしまったようだが、涼子はじっと息を殺して待ったのだ。

一時間待って、静かに頭を上げ、それから毛布をめくって、するりとベッドから床へ下りた。床板が微《かす》かにきしんでヒヤリとしたが、だれも身動きひとつしない。

大丈夫。そう簡単に起きやしないよ。そう自分に言い聞かせ、そろそろとドアのほうへ歩き出す。ドアまでの、ほんの数メートルがなんと遠いんだろう！

一番の心配はドアを開けるときだった。廊下《ろうか》の明かりが部屋へさし込んでくるからだ。だれかが目を覚《さ》まさないとも限らない。

——しかし、いまさらためらってもしようがない。思い切って、素早く出てしまえば……。

「何よ！」

突然声がして、涼子はギョッとふり向いた。純代《すみよ》が、

「何が……のよ」

とムニャムニャ言って寝返りを打つ。寝言か。涼子は胸を撫《な》でおろした……。

廊下へ出て、ドアを閉めると、やっとひと息ついた。あとは裏口から出るだけだ。玄関へ行って、自分のサンダルを取ってくると、裏口へ急ぎ、鍵《かぎ》を開けて外へ出る。

鍵は？　鍵はない。リーダーの恵子《けいこ》が持っているのだ。——ほんのちょっとの間だもの、開けておいてもいいだろう。こんなところへ泥棒がはいるわけもないし。

涼子は夜の道を小走りに急いだ。

M女子高テニス部が夏季合宿をしているバンガローは、深い林の奥にあった。夜ともなれば、バンガローの玄関と裏口に灯《とも》った外灯の光が届く範囲以外は真っ暗になってしまうのだが、涼子はほとんど見当だけで道を辿《たど》っていくことができた。

はやる気持ちを抑《おさ》えながら、やっと広い道へ合流する所までやってきた。むろん、広い道といっても外灯ひとつないことに変わりはないが、ちょうど道の分かれ目に、この一帯のバンガローの地図の立て札があって、小さな蛍光灯がそれを照らしている。

——ここが涼子と耕治《こうじ》の待ち合わせ場所であった。

「まだ来てないのか……」

急いだので軽く息を弾《はず》ませながら、ちょっとがっかりして涼子は呟《つぶや》いた。十二時の約束だが、もう十五分は過ぎているはずだ。

——何かあってあらわれないのかしら？

耕治はここから十分ほど歩いた所のバンガローに泊まっている男女混合のテニスチームの一員である。町へ買い出しに出たとき、雑貨屋で荷物を持ってくれたのがきっかけで、話をするようになった。

そして、夏の、この自由な雰囲気《ふんいき》がふたりを一気に近づけたのだ。

しかし、ふたりとも仲間の目に気をつけなければならず、会うのはこうして真夜中のほんのひとときに限られていた。それだけに貴重《きちょう》な時間だ。

「何してるのかしら……」

涼子はイライラと、暗い道の奥へ耳を澄ましていた。——彼女は、立て札から少し離れた道端《みちばた》に立っていた。蛍光灯の周囲は虫が群《む》れになって飛んでいるからだ。

背後の木の陰から人影が近づくのに涼子は全く気づかなかった。二本の腕がそろそろとのびてきて、いきなり涼子のからだに巻きついた。

「キャーッー」

悲鳴を上げて顔をふり向けると——耕治の笑顔があった。

「びっくりさせて！　ばか！」

と涼子は耕治をにらんだ。

「ずっといたの？」

「きみが来る五分くらい前さ。おどかしてやろうと思ったんだ」

「時間がないのに、そんな……」

「わかってるさ。行こうよ」

ふたりは手をつないで、林の中へと分け入っていった。深い茂みをかき分けて少し行くと、小さな谷川の流れに出る。それを渡った所がふたりの「愛の巣」だった。

平らな岩棚が張り出していて、その下に、ポカリと空洞《くうどう》があった。人目につかず、虫もいないし、小川のすぐそばなのに、湿《しめ》っぽくもない。絶好の場所だった。

昼間、薪《まき》を拾ってくると言って待ち合わせたとき、歩いていて偶然ここを見つけたのだ。

なんとか転ばずに足首まで水に濡《ぬ》らしながら、流れを渡ると、ふたりはほとんど手探《てさぐ》りで岩棚の下へ潜《もぐ》り込む。

「毛布は?」

と涼子がきく。

「ここにある。――さ、広げたぜ」

涼子がサンダルを脱いで、手探りで毛布の位置を確かめて、腰をおろす。すぐに耕治もそばへすわって肩へ手を回してくる。

しばらく、ふたりは黙って身を寄せ合っていた。

「――どうしたの？」

と涼子が言った。

「え？」

「何も話さないのね。なんだか変よ、あなた」

耕治はちょっと間を置いて、

「あす引き上げることになったんだ」

と言った。涼子は一瞬言葉に詰まった。

「そんな……嘘《うそ》でしょ？」

「本当だよ」

「だって……急にそんなこと……」

耕治は肩をすくめて、

「急に決まったんだ。あすの朝、帰るよ」

「ひどいわ！」

涼子は息を吐き出して、

「――どうなるの、私たち？……これっきり？」

「きみはそうしたいかい？」

「いやよ！」

と彼の胸へ顔を伏《ふ》せる。

「ずっとこうしていたい！」

「ぼくだって……。だけどきみは東京、ぼくは金沢《かなざわ》へ帰るんだ。もう、そんなに会えなくなる」

「……ついていくわ、私」

「だめだよ。そんなこと、できっこない。わかってるだろう」

わかっていた。涼子にもよくわかっていた。手紙を書き、電話で話したって、ふたりの間の距離はどうすることもできない。返事もしだいに間遠《まどお》になり、やがて苦《にが》い胸の痛みとともに、過去のページに書き加えられるのだ……。

それはうすうすわかっていたことだった。

「ねえ、今夜はずっと抱いていて。いいでしょう？」

「でも夜が明けたら……」

「夜明けにもどればいいわ。ね？」

「……うん。そうしよう」

ふたりは抱き合ったまま、毛布の上へゆっくりと倒れた。

――そのふたりを、流れの反対側の茂みの中から、ふたつの燃え立つような赤い目が見守っていた。

それは、やがて林の中を空気のようにすり抜けて、姿を消した。

涼子は空気の冷たさに、ふっと目を開いた。ハッとしてからだを起こす。

もう朝が近づいて、少しあたりは明るくなりかけていた。

「耕治さん！」

と、ぐっすり眠り込んでいる耕治をゆり起こす。

「うん……」

「もう朝よ！　起きて！」

耕治もギョッとしてはね起きた。腕時計を見る。

「四時だ。急いで帰らないと」

ふたりは、流れを渡り、林を抜けて、あの道の分かれた場所まで来た。もう、かなり明るくなってきている。

ふたりは息を弾《はず》ませて、しばらくそこに立っていた。

「じゃ行くよ」

と耕治が言った。

「手紙、書くからね」

涼子は言葉もなくうなずいた。耕治はまだしばらくためらっていたが、やがて思い切

ったように、

「さよなら、楽しかったよ！」

と早口に言って、涼子の頬《ほお》へ軽くキスすると、クルリと向き直って、駆《か》け出していってしまった。

ほの白い朝モヤの中に、耕治の姿が、溶《と》けるように消えていく。涼子の目がうるんで、涙が頬を伝っていった。

これっきりで、もう会うことはない、と涼子は直感的に悟《さと》っていた。

「遊びは終わりか……」

わざとそう気取って呟くと、気を取り直して、涙を拭《ぬぐ》いながらバンガローへの道をもどっていく。――だれにも気づかれないではいれるだろうか？　こんな時間だから、みんなまだ眠っているだろうが、もうかなり明るい。ちょっとした物音にも目を覚ましてしまうだろう。

涼子は裏口を静かに開けて、中へ滑《すべ》り込んだ。鍵をかけ、上がってからサンダルを玄関のほうへもどしておく。寝室へはいるのは、正《まさ》に忍《しの》び足だった。ドアがかすかにきしんだが、だれも起きている気配はない。スルリと室内へはいって、足音をたてないように自分のベッドへ近づく。

だれかが今にも「どこへ行ってたの？」ときいてくるのではないかと気が気ではなか

った。なにしろキャプテンの恵子は、ちょっと珍しいくらい責任感が強くてお節介《せっかい》である。涼子のあいびきのことを知ったら、必ず両親へ報告に及ぶにちがいない。

しかし、うまく、だれにも気づかれないまま、涼子は自分のベッドに潜《もぐ》り込むことができた。毛布をほとんど頭までかぶると、冷えていたからだが少しずつ温まってくる。

 安心すると同時に、耕治ともう会えないのだという思いが実感として胸に迫ってきて、涙があとからあとからとめどなく頬を伝って落ちた。

眠れるとは思わなかったのに、いつの間にか眠ってしまったらしい。

涼子は目を開いて、初めて自分が眠っていたことに気づいた。窓のカーテンの隙間から、もうまぶしい白い光がもれている。

枕元《まくらもと》の腕時計を見ると十時になっている。

「こんな時間！」

とあわててベッドに起き上がったものの、まだほかの面々がだれひとり起きていないのに気づいた。

「まあ、珍しい！」

七時起床。これが涼子たちの日課で、一日たりとも守られなかったことはないのに。きょうはいったいどうしたというんだろう？　よほどきのう疲れたのかしら……。

ともかく、自分ひとりが寝坊したわけではないのに安心して、涼子は隣のベッドの純代を起こしにかかった。

「純代。起きなさいよ。——もう十時よ！」

いっこうに返事のないまま向こうを向いている純代の肩をつかんで引っ張りながら、

「純代ったら！　ねえ——」

カッと見開いた白目が涼子をにらんだ。涼子は殴《なぐ》りつけられたように息を呑《の》んだ。口を半ば開いた純代の顔は紙のように白い。

「純代……」

涼子の目が、純代の喉《のど》へ下がった。涼子は喘《あえ》ぎながらあとずさりして、ベッドからおりた。純代の喉が、何かに食いちぎられたように裂けて、生々《なまなま》しい傷をさらけ出していた。

「あ……ああ……純代……」

震え声で呟いてから、涼子は大声を上げた。

「起きて！　みんな、起きてよ！　純代が死んでる！　死んでるのよ！」

——沈黙が答えた。

涼子はそろそろと室内を見回した。みんな、身動きひとつしない。ほとんど頭まで毛布をかぶったままなのだ。

涼子は初めて気がついた。ここへもどってきたとき、部屋は静まり返っていた。いびきも、歯ぎしりも、寝息も聞こえなかった……。

「みんな、起きてよ！」

と涼子は叫んだ。

「だれか……だれか返事をしてよ！」

恐怖に身を震わせながら、涼子はジリジリとドアのほうへと進んだ。一瞬、よろけて、そばのベッドにつかまると、ベッドが揺れて毛布がパタリとめくれた。

キャプテンの恵子が、激しい恐怖をそのまま刻《きざ》みつけたような死に顔を見せていた。

喉には、やはり引き裂いたような傷口が……。

涼子はヒステリー状態になって、悲鳴を上げながら、バンガローから飛び出していた。

どこをどう走ったのか、自分でもわからないうちに、涼子は広い道を走っていた。

裸足《はだし》のままなので、石を踏みつけて、傷だらけになり、血が出ていたが、何も感じない。

ただ、泣きながら、叫びながら、走りつづけた。

静かな林に、涼子の泣き叫ぶ声が、吸い取られていく……。

「ひと目見てさ、気が合うってこと、あるじゃやない？　私とその彼がそれだったのよねえ」

と大月千代子《おおつきちよこ》が言った。

「言ってくれるわねえ」

と、神代《かみしろ》エリカはからかい半分に、

「さては振られたな、千代子？」

「あれ」

千代子が目を丸くして、

「どうしてわかったの？」

とばか正直に言ったので、エリカと、もうひとり話に加わっていた親友・橋口《はしぐち》みどりは吹き出してしまった。

——夏休みもあと二日で終わるという、学生にとっては、至《いた》ってユーウツな一日、M女子高の三年生、仲のいいこの三人が、喫茶店で、夏休みの、ボーイハントの戦果を自慢し合っていた。

「私はね、テニスコートの恋なのよ」

「古いのねえ。私なんか野球ゲームの恋だわ」

「もうちょっと大人の恋ってないの？」

とワイワイにぎやかであるが、その実、話の中身はでたらめで、聞いているほうも全然信用してはいないのである。

つまり、お互い、ことしの夏ももてなかったということを、慰《なぐさ》め合っているわけなのだ。

ただし、神代エリカは、プロローグに描いたとおりの美人で、これで、もてないはずはないのだが、彼女自身が、あまり積極的に男の子と付き合おうとしないせいでもあって、やはり恋の話とは縁遠かった。

あまり美人すぎると敬遠されるものだというのも確かだが。

ほかのふたりのうち、大月千代子は、ノッポで、顔のほうもついでに細長くできていた。外見とは裏腹に、至ってのんきな、おっとりした性格である。

残る橋口みどりはコロコロした感じの、小太りな娘で、すぐ悲観的になる癖《くせ》があるのだが、その代わり、それには特効薬があった。いま食べている、チョコレートパフェだ。

ともかく、千代子もみどりも、人はいい。ひとり異色なのはやはりエリカで、三人の中では飛び抜けておとなびているし、ちょっと謎《なぞ》めいたところがあった。そこがまた、エリカの魅力であることにまちがいないのだが。

「ねえ、みどり」

と千代子が言った。

「テニス部の合宿はいつまでなの？」

「きょう帰ってくるのよ」

と言って、みどりは千代子をにらんだ。

「いやねえ。思い出させないでよ」

「ごめんごめん。だって、仕方ないじゃないの。風邪《かぜ》ぐらいだれだってひくわよ」

「それにしたって、つまんないわ。合宿へ出発する直前にダウンするなんて」

「べつにもうテニスができないってわけじゃないし、そうくよくよしないのよ」

「まあね……」

みどりの、チョコレートパフェの食べっぷりは、どう見ても、くよくよしている人間のそれではなかった。

「夏休みも終わりね」

とエリカが言った。

「高校生活最後の夏、か……」

そのとき、すごい勢いで、店へ飛び込んできたのは――

「あら、うちのおふくろさんだわ」

とみどりが目を丸くして、

「どうかしたのかしら？　おやじが交通事故にでもあったのかな」

と、縁起《えんぎ》でもないことを言う。

「ここよ、かあさん！」

「ああ——おまえ、やっぱりここに」

みどりの母親は、みどりをそのまま老《ふ》けさせたようで、おかしくなるくらいよく似ている。

「どうしたのよ、いったい？」

「大変なんだよ、それが」

「だから、何が？」

「何がって、そりゃ大変で——」

とだいぶ混乱のようす。エリカが、

「おばさん、お水を一杯」

とコップを差し出す。

「ああ、どうも……。ごめんなさい。つい取り乱して」

「いいとしして何やってんのよ」

とみどりは渋い顔だ。

「いまね。テレビのニュースで、おまえのラケットが……」

「私のラケット？　どうして私のラケットがテレビのニュースに出るのよ？」

「そ、そうじゃないわ。つまりその——テニスよ。テニス部の合宿で——」

「合宿で何があったの？」

みどりがさすがに勢い込んできいた。

「だ、だれかに襲われて……」

三人が顔を見合わせる。みどりが青くなって、ゴクリとツバを飲み込んだ。

「そ、それで……みんなは？」

「それが……ひとりだけ助かって……あとはみんな……殺されたって……」

「そんな……」

と言ったきり、みどりが絶句する。エリカと千代子も同様である。

「なんてひどいことをねえ……」

と母親が首を振りながら言った。

「でも、おまえが行ってたらと思うと……。行かなくてよかったね、おまえ」

母親としては当然の心情であったが、クラブ仲間の死に呆然《ぼうぜん》としているみどりにはまずい言葉だった。

「何言ってんのよ！」

と大声を上げて、

「私だけが生き残って……こんなことって、ないわよ！」

「落ち着いて、みどり」

エリカが素早くみどりを抱きかかえるようにして言った。この辺の落ち着きは、とても十八の少女とは思えないものがある。

「もうひとり助かった人がいるっておっしゃいましたね?」

「え、ええ」

とみどりの母はうなずいて、

「たしか……松山《まつやま》さんだわ。松山涼子《りようこ》と言ってたわ」

「二年生の子じゃない?」

と千代子が言った。

「ええ、そうだわ」

みどりが、まだ悪い夢でも見ているような顔でうなずく。

「いったい何があったんですか?」

とエリカがきくと、みどりの母親も当惑《とうわく》気味で、

「それがよくわからないらしいんですよね」

「わからないって……。強盗とか——」

「何も盗《と》られてはいないんですって」

「じゃ……」

言葉にこそ出さないが、考えていることはあまりにはっきりしている。しかし、みどりの母親は、

「それがね、警察もなんだかわからないらしくて」

「わからない？」

「何かね、みんな、獣《けもの》に喉をかみ切られたみたいなんですって。でも、あの辺にそんな動物はいないというし、殺《ころ》されたあとで、ちゃんと毛布をかけてあったというから……」

「なんてことでしょう」

千代子が思わず呟《つぶや》いた。――エリカが青ざめたのには、ほかのだれも気づかなかった。

「でも涼子が生きてたんでしょう？　何か知らないの？」

とみどりがきいた。

「それがたまたま表へ出ていたらしくてね。それで命拾《いのちびろ》いしたのよ」

――しばらくみんな黙り込んだ。

「ともかく、学校へ行かなくちゃ」

とみどりが立ち上がった。

「一緒に行くわ」

と千代子が言って、エリカの顔を見た。

「エリカ、どうする？」

エリカは、千代子の声が耳にはいらないようすで、じっと目は空《くう》を見つめていた。

「エリカ」

くり返し呼ばれて、ハッと顔を向け、

「あ——ごめんなさい。つい……」

「学校へ行くわ。あなたは？」

「私？　そう……ちょっと行く所があるから……」

「冷たいのね、エリカって！」

みどりがかみつくのを、千代子が抑《おさ》える。

「よしなさいよ」

と腕を取って、みどりの母親と三人で、急いで店を出ていった。

ひとり、残ったエリカは、深々とため息をつくと、

「まさか……そんなこと……」

と呟いた。そこへ、ウエートレスが、

「あの、下げていいですか？」

と声をかけてくる。

「ええ……」

エリカは上《うわ》の空で言って、

「もう一杯ください」

とつけ加える。

「コーヒーですね」

「血を……」

「え？」

エリカは我《われ》にかえって、

「ええ、コーヒーです」

と急いで言った。——コーヒーが来ると、エリカはミルクを入れ、軽くかき混ぜた。ミルクが白い渦巻《うずまき》になる。エリカはじっとそれを見つめていた。

「——確かめなきゃ」

と呟いて、まだ夏の陽《ひ》のまぶしい、表に目を向けた。

「火《ひ》の木《き》村か……」


そして、いま、エリカは、そこに来ていた。目の前には石棺《せっかん》がある。あと十分もすれば、その洞窟《どうくつ》の中は暗くかげって、あのふたが開くだろう。

十分と待つほどもなかった。見るうちに、洞窟の中は、暗さを増して、夕焼けの色も、たちまちあせていった。

陽は落ちた。——エリカは、じっと石の棺《ひつぎ》の灰色の表面を見つめた。

ふたはなかなか動こうとはしなかった。

「——どうしたのかしら？」

と呟く。まさか寝過ごすわけもあるまいが。——すっかり、石室《いしむろ》の中は暗くなった。油のかがり火だけが、まるで露出《ろしゅつ》不足の写真のように、平土間《ひらどま》と、その中央の石棺を照らしていた。

ふたはまだ動かない。石段に腰をかけていたエリカは待ち切れなくなって立ち上がった。その肩をだれかの手がつかんだ。

「キャッ！」

と声を上げてふり向く。

「——ああ、びっくりした」

エリカはホッとしたような笑顔になった。

背の高い、初老の男が立っていた。——裾《すそ》の長い、かなり古くなった衣《ころも》を着ている。まるで中世の修道士のようなスタイルだ。

「昼でも起きられるようになったの？」

エリカがきいた。

「午後遅くならな」

深い、よく通る声だった。

「何事だ、いったい？」

「娘が父親に会いに来ちゃいけませんか」

エリカはちょっとおどけた口調で言って、父親に抱きついた。

「おとうさん、元気？」

「このとおりさ。――おまえも元気そうだ」

「ええ。ゆっくりできる所はないの？」

「居間を造り直した。なかなか快適だぞ」

「不精《ぶしょう》なおとうさんにしちゃ珍しいじゃないの」

「何しろすることがなくて、退屈で困るからな」

と笑った。娘の肩を抱くと、

「さあ、おいで」

と促《うなが》した。


ともかく大騒ぎは新学期にはいっても、しばらくM女子高校をゆるがした。

それも無理はない。マスコミにとって、これほどセンセーショナルな事件は少ない。林の中のバンガローで合宿中の女子高生六人が惨殺《ざんさつ》され、その犯人が何者なのか、いっさい不明ときている。検視《けんし》に当たった医師たちも、一様に首をひねった。

さらに恐怖をあおり立てたのは、被害者たちが多量の血を失っていることだった。それなのに、室内には血だまりひとつなかったのである。

『吸血鬼に襲われた六人の乙女《おとめ》!』

などという刺激的な文字が、週刊誌のトップを飾った。

M女子高としては名門の威厳《いげん》を保つべく、必死に平静を装《よそお》いつづけ、生徒たちにも、取材などにはいっさい応じないようにと厳命《げんめい》した。

事件の話があまり人の口にのぼらなくなったのは、九月も下旬になってからのことだった。

しかし、肝心《かんじん》な事件の真相はいっこう解明されず、恐怖は、姿を隠してはいたものの、けっして消え去ってはいなかったのである。

「エリカ、どこへ行っちゃったの?」

いつも学校帰りに寄る甘味《かんみ》の店で、アンミツを食べながら、みどりが言った。

「知らないわ」

と千代子が肩をすくめて、

「なんだか、親類の法事だとか言ってたわよ」

「エリカに親類なんて初耳だね」

——エリカは両親を早く亡《な》くして、いまはアパートでひとり暮らし、とふたりは聞いていた。

生活費は遠縁の伯父《おじ》が送ってくれているのだということだった。

「例の伯父さんって人のところじゃない？」

と千代子は言って、

「あんな事件があったから、学校やめるんじゃないかしら？」

みどりがびっくりして、

「まさか！　――エリカがそんなこと言ってたの？」

「そうじゃないけど……。でも、エリカ最近ずいぶん沈み込んでたわよ。そう思わない？」

「そりゃみんなそうじゃないの」

「うん。でも、エリカにしては珍しいわ。いつもクールなのにさ。ここしばらくずっと黙り込んで……」

「べつにM女子高の生徒だから襲われたってわけじゃないじゃないの」

「でも、うちのおかあさんも、学校やめたら、なんて言ってたわよ。最近は言わなくなったけどね」

「うちはテニス部をやめろってさ。やめたくなくたって、私を入れて三人しかいないんじゃ、部の体裁《ていさい》を成さないわよ。入部する新入生も当分はいないだろうし」

「まあ、元気出しなさいよ」

「そんなこと言ったって——あら」

とみどりが顔を上げたのは、店に、松山涼子がはいってきたからだった。あの事件の、ただひとりの生き残りである。

事件のショックに加えてマスコミに追い回され、ノイローゼ気味でずっと学校を休んでいたのだ。

「涼子」

とみどりが呼ぶと、青白い顔を、ぎごちなくほころばせて、

「どうもご迷惑をおかけしました」

と頭を下げた。

「もう大丈夫なの？」

「はい。もう来週から学校へ行きます」

「大変だったわねえ。——まあ、もう学校のほうも静かになってるから、大丈夫よ」

「はい」

「すわったら？」

と千代子が言った。

「何か食べなさい。栄養つけなきゃ、ひどい顔してるわ」

「ええ」

そこへ、

「ちょっと失礼」

と声がした。――見れば、やはり高校生らしい、若者が立っている。

「なんでしょう？」

「あなたは松山涼子さんですね」

「そうですけど……」

「ちょっと話をうかがいたいんですが」

「もうやめなさいよ」

とみどりがふきげんそうに割ってはいった。

「あんたなんなの、いったい？」

すらりと背の高い、顔立ちの整った美青年だった。せいぜい十八歳くらいというのに「青年」とは妙かもしれないが、少年とは呼べぬ落ち着きがある。

「怪《あや》しい者じゃありませんよ」

「そんなこと言って、涼子はね、さんざん取材や何かに追い回されて大変だったのよ。どうせあの事件の話を聞きたいんでしょ」

「それはそうなんですが」

「ほらみなさい。涼子、行っちゃだめよ」

「ええ……」

涼子は、その若者を見上げた。若者がじっと涼子を見つめると、涼子の瞼《まぶた》が軽く震えた。

「——かまいませんね？」

と若者が言った。涼子がゆっくりとうなずく。

「涼子——」

とみどりが止めようとしたが、涼子は、若者に促されるように、フラリと立ち上がって、歩き出した。なんだかちょっと奇妙な——雲の上でも歩いているような歩き方だった。

若者と涼子が店を出ていくのを、みどりと千代子はポカンとして見送っていたが……。

「どうしたのかしら？」

と千代子が言った。

「涼子のようす、変だったわねえ」

みどりも首をかしげる。

「まるでこう……夢遊病《むゆうびょう》って感じじゃないの」

「もしかすると——」

と千代子が言いかけて言葉を切る。

「なんなの？」

「催眠術《さいみんじゅつ》にかかったんじゃない？」

「まさか！　見ただけでそんなものにかかるわけないでしょ」

「でもよくやるじゃないの、ほら、吸血鬼ドラ……」

ふたりは顔を見合わせた。

千代子が、「ドラえもん」と言いかけたのではないのは、みどりにもわかっていた。

「追っかけよう！」

とみどりが言った。

ふたりは店を飛び出すと、左右を見回した。

「いないわね」

「そんなに遠くへ行くはずもないけど……」

「みどりはあっちへ捜《さが》しに行って。私はこっちに行ってみる」

「オーケー」

いざ、と歩きかけると、背後から声がかかった。

「ちょっと！　お金払ってちょうだいよ」

「何よ、いまそれどころじゃないのよ」

みどりがかみつく。千代子があわてて、

「払います、払います」

と財布を取り出した。

しかし、ふたりの捜索《そうさく》は空振《からぶ》りに終わった。

その近くをさんざん捜し回って、元の店の前へもどってくると、

「いないわ」

「こっちもよ」

と息をつく。みどりが首を振って、

「どこに行ったのかしら？」

「誘拐《ゆうかい》されたとか——」

「まさか」

「それなら届け出ないと……」

「だって、もしなんでもなかったら？」

「もし誘拐されたんだったら？」

これでは平行線である。困ったみどりが、なにげなく店の中へ目をやって、

「あれっ！」

と、すっとんきょうな声を上げた。——それも無理はないので、捜していた当の涼子

が、店の中にいたのである。

「涼子！　どうしたのよ？」

と店へはいっていくと、涼子はホッとしたようすで言った。

「あ、どこに行っちゃったのか、心配してたんですよ」

千代子とみどりは呆《あき》れて顔を見合わせた。

「――すると、全然覚えてないの？　この店を、あの男と出ていったのを」

話を聞いて、みどりが言った。

「ええ。――あの男の人にじっと見つめられたのは覚えてるんですけど……。ふっと眠くなったような感じで……。よく電車に乗って、いつの間にか居眠りしてハッと目が覚めることがあるでしょう。あんな感じでした。気がつくと、ここにひとりですわっていたんです……」

「じゃ、やっぱり催眠術？」

と千代子が言った。

「ね、涼子、あいつが何をきいたか、覚えてない？　何か少しでも」

涼子は眉《まゆ》を寄せて考え込んでいたが、やがて申し訳なさそうに、

「すみません。あの人と話したっていうことも、全然覚えていないんです」

と頭をかいた。みどりはむずかしい顔でうなずいて――もっとも、みどりの場合、あ

まりむずかしい顔になると他人の目にはおもしろい顔と映るのだが——言った。

「何者かしらね、あの男。きっと事件のことを調べ回っているのよ」

「記者にしちゃ若いわ。私たちと同じくらいじゃない？」

「高校新聞の記者かもしれないわ」

「高校新聞が、そんな記事のせる？」

「わかんないわよ。最近の学校新聞はかなり進んでるっていうから」

「そう？　——でも、ちょっといい男だったわね」

と千代子が言い出した。

「そうね。二枚目だったわ」

「足も長かったしね」

「頭がよくてもスタイル悪きゃだめよね」

「そうよ。それでいやなのよ、あのK高校のラグビー部のキャプテン」

「あら、あんなのに言い寄られてたの？」

「そうなのよ。しつこくてね。でも、あれのあだ名知ってる？　ダックスフントっていうのよ」

「わ、ピッタリだ！」

ふたりの話は全く関係ないほうへとそれていった。しかし、これはけっしてふたりが不真面目《ふまじめ》だからではない。

「で、あの男のこと、調べる手はないかしら？」

と、すぐさま話は元にもどる。この切り換えの早さは、若い世代の特色である。

「でもねえ、調べようがないでしょう」

そこへウエートレスが、

「ご注文は？」

とやってくる。

「もうけっこう。行こうよ千代子」

「あらそうですか」

とウエートレスはわざとそっぽを向いて、

「何か注文なされば、見せてあげてもいいんだけど」

「見せるって……何を？」

「さっきの男の子の落としていった手帳」

「ほ、本当？」

とみどりが目の色を変える。

「見せてよ！　ねえ、お願い」

「ご注文は？」

やむなく、チョコレートパフェを三つ注文するはめになった。

手帳は真新しく、中のページは白いままだったが、最後のページの氏名欄には『北川《きたがわ》速夫《はやお》』とあって、住所も書いていた。

「高級住宅地じゃないの」

と千代子が住所を見て言った。

「そうね。いかにも育ちがよさそうだったわ。——育ちがいいのかしら、吸血鬼って」

「いや！」

と涼子が怯《おび》えたように声を上げた。

「ごめん、ごめん！ ついうっかりしちゃった。ごめんね」

みどりはあわてて弁解したが、涼子は青ざめて震えていた。やはりあの事件のショックは根深いと見える。千代子が言った。

「だけど、手帳を落としていくなんて、見かけによらずウッカリ屋なのね」

「そうね。ともかくこれで名前と住所はわかったわけだわ」

「どうする？」

「せっかくだもの、行ってみようよ」

「なんて言って？」

「決まってるじゃないの。この手帳を届けるっていうのを口実にするのよ」

千代子はまじまじとみどりを見た。

「へえ、みどりって、割と頭がいいのね」

「割と、ってのがよけいよ」

「へへ……。で、いつ行く？」

「明るいうちでなきゃね。夜になると、吸血鬼は棺《ひつぎ》から出てきて――」

あ、いけね、と思ったときは遅かった。松山涼子が、

「ウーン」

とひと声、気絶してしまったのだ。


「すると何か？　おまえ、それを私がやったことだと思っているのか？」

父親の声音はやや不愉快そうだった。

「そうは言ってないわよ。でも確かめたかったの」

エリカはじっと父を見つめて、

「おとうさんじゃないわね？」

「あたりまえだ！」

即座に答えが返ってきた。

エリカはホッとして椅子《いす》の背にもたれかかった。――そこは、棺を置いた石室《いしむろ》から、

さらに小さな隠し戸をはいった奥の部屋で、石の洞窟を改造したにしては、なかなか居心地のいい居間になっていた。獣《けもの》の毛皮を何枚も床に敷きつめ、生木《なまき》で造ったテーブルや椅子が、巧《うま》く調和している。

ふたりが金色のカップで飲んでいるのは――血にあらず、ブドウ酒であった。

「おとうさんもこんなもの、飲むようになったの」

「おまえ、学校へ行ってるくせに不勉強だぞ。キリストはこれを自分の血だと最後の晩《ばん》餐《さん》のときに言った」

エリカは笑って、

「おとうさん。吸血鬼がキリストの話をしちゃおかしいわ」

「そうか。しかし、それも小説や映画のもたらした迷信だぞ」

「私はわかってるけど……」

「ともかくせっかく来たんだ。二、三年ゆっくりしていったらどうだ?」

「とんでもない! 学校があるのよ。あすには帰らないと」

「そう言うと思っとったよ」

「ごめんね」

「まあいい。――しかし、その事件のことだが、山狩《やまが》りをしたのか?」

「ええ。何か獣に襲われたらしい、っていうことで、大がかりにやったらしいわ。でも何も出なかったのよ」

「ふむ。——時間もたっとったんだろう。見つかるのを期待するほうが無理だな」

「おとうさんはどう思う？」

問われて考え込む。

「死体に毛布をかけてあった点からみて、犯人はある程度、知能のある者だな。しかし、正統な吸血族なら、喉を裂くなどという野蛮《やばん》なことはしない。大体、我々に襲われると、かまれたほうも吸血鬼になるなどという俗説が広まったおかげで、こうして故国《ここく》を追われるはめになったのだ」

父親——フォン・クロロックは、じっとエリカを見ながら言った。

「もっとも、こうして日本へ逃げてこなければ、おまえの母親とも知り合うことはなかったし、おまえも生まれてこなかったわけだが……」

と、クロロックは、壁《かべ》にかけられた、穏《おだ》やかな表情の女性の肖像画《しょうぞうが》を見た。

「だれか犯人の心当たりはあって？」

「そうさなあ……。狼つきかもしれんぞ」

「狼男《おおかみおとこ》？」

「食人のくせのあるのがいるからな」

「でも食べられたわけじゃないのよ」

「わかっとる。しかし、食べるより血の味のほうに魅《み》せられるやつもあるかもしれない」

エリカはゆっくりうなずいた。

狼男というと、やはり映画の影響か、満月の夜に毛むくじゃらになって、ウオーッとほえるようなのを想像しがちだが、満月とか、毛むくじゃらとかに関係なく、死人の肉を食べたりする異常な性向《せいこう》の持ち主が狼人間などと呼ばれ、実在している。

日本のような死体を火葬《かそう》で骨にしてしまう国はともかく、西洋のように、そのまま棺に納《おさ》めて埋葬《まいそう》する習慣の場合、墓を暴《あば》いて死体を盗み出すこともできるわけである。

「じゃ犯人は人間なのね」

「当然だろう。狼が毛布をていねいにかけて帰るわけもないし、映画に出てくるような狼男などありはせんのだから」

「吸血鬼はいるじゃないの」

「吸血鬼というのはよせ」

とクロロックは顔をしかめた。

「この心優《やさ》しい私をつかまえて『鬼』とは失礼極《きわ》まる！」

「仕方ないわよ。吸血屋、じゃ迫力ないでしょ。——でも、そうすると犯人はごくありまえの人間なのね、表面的には」

「おそらくそうだろう。過去の事例からみても、人一倍善良で、だれからも愛されている人間が怪《あや》しい」

「そうか……。でも、いやな事件ね。もしおとうさんのことが知られでもしたら、きっと袋叩きにされちゃうわよ」

「人間どもはばかぞろいだ」

と苦々《にがにが》しげに首を振る。

「しかし、妙なのは部屋に血痕《けっこん》がなかったという点だな」

「そこなのよ。私もひっかかってるの」

「たとえ何にやられたにせよ、その瞬間には血が飛び散るはずだ」

「どういうことになると思う？」

「つまり、殺された六人は、どこか外で殺されて、運び込まれたのだ」

「外で？　あんな夜中に？」

「ひとりだけ助かった娘は何をしとった？」

「男の子と会ってたのよ。――そうか」

とエリカが大きくうなずく。

「わかったか？　その娘ひとりが男と会っていたとは考えられん。ほかの面々もおそらく……」

「外へ出ていてやられたのね、きっと」

「何しろいまの女子高校生は乱れとるからな」

「あら、それは乱れてるとは言わないのよ」

「じゃなんと言うんだ？」

「たとえば、もう結婚した女性がほかの男性と遊んだりすれば乱れてると言えるけど、まだみんな決まった相手がいるわけじゃないんですもの。それを言うなら、『翔《と》んでる』と言ってほしいわ」

「空を飛べるのはドラキュラぐらいだ」

と父親は苦笑してエリカを見ると、

「おまえも理屈っぽくなったもんだ」

「理論的になったのよ」

「ところでおまえは大丈夫なのか？　その——翔んどりゃせんだろうな」

「相手がなくってね」

エリカは澄《す》まして言った。

「しかし、そいつは気に入らん事件だな」

とクロロックは立ち上がって、手を後ろへ組むと、ゆっくり部屋の中を歩きながら、言った。

「人間の頭では解決はむずかしいかもしれん」

「だから、私、少し調べてみようと思って」

クロロックはエリカを見た。

「おまえが？」

「そうよ、悪い？」

「いいか、おまえは私の血をひいてはいるが、ただの人間なんだぞ。――多少、私の真《ま》似事《ねごと》ぐらいはできるが、そんな凶悪《きようあく》な、本物の狼つきに出くわしたら、太刀《たち》打《う》ちできるものか」

「私には頭があるわ」

とエリカはにっこりとした。

「それに美貌《びぼう》もね」

「うぬぼれ屋め！」

と言いながら、父親の目は笑っている。

「悪いことは言わん。手を出すな」

「いやよ。もしまた事件が起こるようなことがあったら、そのたびに、これは私の血縁の人間のやったことじゃないかって気に病《や》んでなきゃいけないなんて」

「困ったやつだ」

とため息をついて、椅子《いす》にもどる。

「じゃ、約束しろ。もし自分の手に余ると思ったときは私を呼ぶんだ。けっして自分ひとりでやろうとするな。わかったか？」

「誓います」

とエリカは手を上げてみせた。

「でも、おとうさん、ここを出て大丈夫？」

「ああ、あの棺《ひつぎ》さえあれば」

「あんな石のお棺《かん》をどうやって持っていくのよ？」

「鉄道にいまはコンテナとかいうものがあるんだろう」

「どうしてそんなことを知ってるの？」

とエリカが驚くと、

「なあに。この近くを通ったハイカーなんかが新聞や週刊誌を置いていくんでな。ときどき読んどる。せっかく覚えた日本語を忘れてしまうからな」

とクロロックはニヤリと笑って言った。

「それにしたって、お棺なんか……」

「中にはいっていきゃ、運賃を取られずに済むぞ」

エリカは吹き出してしまった。

3

「だれですって？」

とエリカはきき返した。

「だからさ、ドラちゃんよ」

とみどりが声をひそめる。

「ドラちゃん？」

「みどりったら、それじゃわからないわよ」

と千代子が言った。

「ドラキュラよ。吸血鬼のこと」

「吸血……鬼？」

「そう。出たのよ。それが」

エリカは、みどりと千代子の顔を交互に眺《なが》めた。どうも真剣な顔をしている。本当らしい。

「くわしく話して」

千代子のほうが説明を引き受けた。みどりは何かを順序立てて話すというのが苦手《にがて》で、

多分に混乱する気味がある。ここと思えばまたあちらという具合で、牛若丸《うしわかまる》のごとく
――というのはちと古いが。

千代子の話を真剣に聞いていたエリカは、その青年の落としていったという手帳をめくってみた。

「北川速夫《きたがわはやお》、ね。――まだ使ってない手帳ね、これ」

「そう。新品よ」

「ことしの手帳だけど、全然使っていない。いまはもう九月、と……。そこへ行ってみたの、あなたたち？」

「エリカ抜きじゃ悪いから、帰るの待ってたのよ」

とみどりが言うと、千代子が、

「何言ってんのよ。おっかないからふたりじゃいやだって言ってたくせに」

とからかった。エリカが真顔《まがお》で、

「それでよかったのよ」

と言って、じっと手帳の名に見入った。

「――ここには私ひとりで行くわ」

「そんなのだめよ！　ひとりじゃ危ないわ」

「だからこそ、ひとりで行くのよ」

エリカはそう言って、ふたりの顔を見た。

「この手帳は全然使われなかったものだわ。それを九月になって、突然持ち歩いて落とす。——変だと思わない？」

「そりゃまあ……ね」

「つまり、この手帳はわざと落としていったものなのよ」

「わざと？」

異口同音《いくどうおん》に言って、みどりと千代子が目を見交わす。

「でもなんのために？」

「この住所へ、来させるためだと思うわ」

「へえ。何かくれるのかしら？」

とみどりが真面目な顔で、

「この手帳ご持参のかたに、粗品進呈《そしなしんてい》なんてことになってるのと違う？」

「でもエリカ、それならますますあなたひとりじゃ危ないわ」

「そうよ、三人ひと組でなきゃ売れないんだから」

「大安売りの靴下みたいなこと言わないでよ」

みどりと千代子のかけ合いを聞いていたエリカは笑い出して、

「わかったわ。じゃ一緒に行きましょう。でもね、ふたりとも私の指示に従うのよ。約束してね。——わかった？」

と念を押す。

むろんみどりも千代子も、エリカが吸血鬼の血縁（吸血縁？）だとは知らない。いかに親友でも、それを教えるわけにはいかないのだ。

ただなんとなく、この三人の中では、常にエリカがリーダーシップを取るようになっていた。

「約束するわよ。で、いつ行く？」

と千代子がきくと、エリカはちょっと考えて、言った。

「今夜ね」

夜——といっても七時ではどうも吸血鬼の出没《しゅつぼつ》する時間としては適当でないが、エリカはともかく、普通の家庭のこどもである千代子とみどりは、まさか真夜中に家を出てくるわけにはいかない。

そこで、かろうじて暗くなる七時に、三人は手帳にあった住所へと出向いたのである。

「これ？」

と拍子抜《ひょうしぬ》けしたようにみどりが言ったのは、その住所に当たるのが、八階建ての、モダンなマンションだったからである。

「ドラキュラがマンションに住んでちゃ、ちょっと困るわねえ」

と千代子も苦情を言う。

「仕方ないじゃないの。城なんて、いまどきないんだもの」

エリカは笑顔で言った。それでもみどりは不満顔で、

「せめて、『シャトー・××』ってマンションならいいのに……」

「ともかくはいろう」

そう高級マンションというわけでもなかったが、ロビーなどが、なかなかしゃれた造りになっている。

「こんなところでいくらぐらいするのかしら？」

キョロキョロと中を見回して、みどりが言った。

郵便受けを見ると、『北川』は四一〇号室であった。ふたりは四階へエレベーターで上がった。

「――ここね」

「ドアにコウモリのマークでもついてるかと思ったわ」

とみどりが言った。

チャイムを押したが、答えはなかった。何度押しても、だれも出てこない。

「留守《るす》らしいわね。押し込むわけにもいかないし」

「なんだ、がっかりね」

と言っていると、向かい側のドアが開いた。

「北川さんのところに用？」

と顔を出したのは、エプロン姿の主婦だった。

「あの、どこかへお出かけなんですか？」

とエリカがきいた。

「ええ、旅行へ出てるようよ」

「そうですか」

「あなた神代エリカって子？」

「ええ！　――どうしてご存じなんですか？」

「それなら預かり物があるの。あなたが来たら渡してくれって」

「北川……さんからですか？」

「ええ。ちょっと待って」

といったん奥へ引っ込むと、箱をひとつ持って出てきた。何やら紙でくるんだ、ケーキの箱ぐらいの大きさだ。

「はい、これ」

受け取ったエリカは、

「あの、北川さんのご家族は？」

「家族？　いないわよ。あの若い人がひとりで住んでるの。田舎《いなか》の両親が送金してくれてるそうよ」

「そうですか」

三人はエレベーターで一階へもどった。

「何かしら？」

「開けてみようよ、エリカ」

「そうね、まさか爆弾ってこともないだろうし」

三人はロビーにある長椅子《ながいす》にすわって、エリカが紙包みをはがしはじめた。

「でも、あの男、どうしてエリカのことを知ってたんだろ？」

とみどりが首をひねる。

「エリカ、昔の恋人か何かだったんじゃないの？」

「やめてよ」

エリカが笑いながら、ボール紙の箱を出し、ふたを取って――

「キャッ！」

と投げ出した。

――ツルツルの床に転がったのは……

「何、あれ？　ニンニクじゃないの」

とみどりが目を丸くした。

「本当だ。ああくさい。――エリカ、どうしたの？　青くなって？」

「な、なんでもないわ。ちょっとびっくりしただけよ……」

「なんのいたずらかしら？　ふざけてるわねえ本当に！」

――幸い、みどりや千代子は少しも怪《あや》しんではいないようだ。エリカはホッとした。

エリカとて、一応吸血族のひとりである。ニンニクは苦手なのだ。父ほどのアレルギーは持っていないが、それでも、匂いだけでもムッとするくらいだった。

それにしても、この北川速夫という男、エリカのことをよく知っているにちがいない。どこで、どうして知ったのか？　それに、なんのつもりでこんな物をよこしたのか……。

「あれ。何か紙が」

とみどりが、小さく折りたたんだ紙片を拾い上げた。

「箱の中から落ちたらしいわよ」

「何かしら？」

エリカは、紙にもしみついたニンニクの匂いに顔をしかめながら、それを開いた。

「ギョーザの作り方？」

とみどりがのぞき込んで、

「なんだ、地図じゃないの」

五万分の一の地図をコピーしたものだった。

「どの辺かしら?」

と見入って、エリカは、

「ここは——あの事件があったあたりの地図だわ!」

と言った。

ニンニクと地図。——これはいったい何だろう? ニンニクが、彼女の正体を知っているぞという、向こうのおどしなら、この地図は?

エリカは、あの北川の向かいの部屋の主婦が、北川は旅行中だと言っていたことを思い出した。北川は自分の行き先をエリカへ告げたのだ。


満月だった。

林の中のバンガローは、暗く静まりかえっている。

一時は、膨大《ぼうだい》な捜査陣と、マスコミの人間でごった返したにちがいない一帯も、いまは人影ひとつ見えなかった。問題のバンガローの周囲には、やじ馬が集まるのを避けるべく、縄《なわ》がめぐらせてあったが、いまはそれも地面に落ちて、やがて落葉に埋《う》もれていくだろう。

事件は、もう忘れられかけていたが、この場所には、死の匂いが漂《ただよ》っている、とエリカは思った。『死の匂い』というのは、抽象的《ちゅうしょうてき》な意味ではなくて、事実、並《なみ》の人間の何倍も敏感なエリカの鼻には、そこここにしみついていた『死』の匂いの余韻《よいん》が、感じ取れるのである。

「確かに、妙だわ」

とエリカが呟いたのは、父が言ったように、このバンガローで六人もの人間が殺されたというのに、『血の匂い』は全く残っていないのである。それは明らかに六人が、どこか別の場所で殺されたことを示していた。

そろそろ真夜中になるはずだった。エリカは、林の間を抜けて、バンガローへと歩いていった。

「満月の真夜中か。——狼男が出るにはいい時間だわ」

大体がエリカも夜型なので、夜中のほうがむしろ調子がよかった。エリカはクラスでの成績はいつも二番だが、テストをやるのが夜中だったら、まちがいなくトップだろう。

夜や暗がりを恐れるということは、エリカたちの場合には、だからあり得ない。むしろ夜のほうが本来の活動時間に当たっているのである。それに暗がりでも吸血族の者は、よく目が見えた。それはそうだろう。

牙《きば》をむき出した吸血鬼が美女を襲うのに、暗くてテーブルや椅子にけつまずいたのではなんともみっともない。

バンガローの入り口は、べつに鍵《かぎ》もかかっていなかった。

中へはいって、すぐに、殺人のあった――いや、死体の発見された部屋はそれとわかった。部屋の入り口に、まだ縄が張ってある。

それをまたいで中へはいると、部屋の奥から、

「やってきたね」

と声がした。――エリカはべつにびっくりもしなかった。

「北川さんね」

「そう、ぼくだ」

バンガローにふさわしい、簡素《かんそ》な木のベッドに、彼は腰かけていた。

エリカはしばらく、黙って北川速夫を見ていたが、やがて口を開いた。

「――あなたは、どういう人なの？」

「プレゼントは受け取ってくれたんだろうね？」

「だからここへ来てるのよ」

とエリカは言い返した。

「それもそうだね」

「でも、女性へのプレゼントにしては、ずいぶんセンスの悪い品ね」

「そうは思ったけど、きみにここへ来させるためには仕方なかった」

「まだ質問に答えてもらっていないわ。あなたはどういう人？」

「ぼくか。ぼくはきみの――いとこさ」

「いとこ？」

エリカは思いもかけない言葉に唖然《あぜん》とした。

「そんなの嘘《うそ》だわ！」

「本当だとも。きみのおとうさんはトランシルヴァニアのフォン・クロロック伯爵《はくしやく》。ぼくの父はきみのおとうさんの弟・クロロック男爵《だんしやく》だった」

「私の……叔父《おじ》に当たる人？」

「そうさ。聞いたことがないかい？」

エリカはためらいながら、

「父から……叔父がいたと聞いたことはあるけど……」

と言って、

「でも、故国《ここく》を追われたとき、殺されたって……」

「そう思われても仕方ないな。父の話では、城を焼かれて、ひとり取り残され、城が崩《くず》れ落ちてきたが、奇跡的に柱の下敷きにならずに済んだんだ。見つからなくて幸いだったよ。見つかっていたら、きっと心臓に杭《くい》を打ち込まれていただろう」

「本当だ。何もそんなことをしなくたって、普通に殺すことができるのに。──すべては伝説と、あのばかげた本のせいだ」

「バカげた話ね」

北川速夫は立ち上がると、

「しかし、いまさらそんなことを言ったって仕方ない。──ともかく、九死に一生を得た父は、きみのおとうさんのあとを追って、日本へやってきた」

「でも、なんの連絡も──」

「そりゃそうだよ。この国で生きていくのは大変なことだからね。きみのおとうさんを捜す余裕などなかったわけさ」

「それはよくわかるわ」

とエリカはうなずいた。

「きみのおかあさんは亡くなったんだね？」

「ええ、病気でね」

「ぼくの母もだ。──父にとてもよく尽《つ》くしてくれたらしい。ぼくは顔も知らない」

「それで……叔父さんは？」

「父かい？　父も死んだ。去年」

「どうしたの？」

「皮肉なものでね」

と速夫は肩をすくめて苦笑した。

「住んでいた山の中で、工事が始まったんだ。とても住めなくなりそうなので、引き移ることにしていた。ところがその前の日、山の中を散歩していて、足をすべらせてね」

「落ちたの？」

「下には工事用の杭があった。その一本が父の胸を貫《つらぬ》いたんだ」

「なんてことでしょう！」

思わずエリカは手で顔をおおった。

「ぼくはひとりになって、きみのおとうさんを捜しはじめた。——ずいぶん手間がかかったよ」

「見つけたの？」

「いや。しかし、きみのおかあさんの記録を見つけた。そこできみのことがわかったわけさ」

「なぜ、すぐに連絡してくれなかったの？」

「そう簡単にはいかないよ」

と速夫は笑って、

「見知らぬ女の子のところへ行って、『きみのおとうさんは吸血鬼だろう』なんてきいたら、どうなると思う？」

　エリカもつい笑い出した。

「精神病院行きね、きっと」

「だから、慎重に調べていたんだ」

「気がつかなかったわ」

「気にさわったら許してくれ」

「いいのよ、そんなこと」

「調べていると、あの事件だ。まるで伝説の吸血鬼か狼男に襲われたような事件が、きみのいる高校の生徒に起きた。これは……と思ってね」

「私を疑ってるの？」

「いや、そうじゃない」

　と速夫は首を振って、

「ぼくの父やきみのおとうさんなら、あんなむごいやり方はしないだろう」

「それに血を吸ったって、殺しはしないわ。吸われた人間も吸血鬼になるなんて嘘っぱちよ。だったら、この世の中、吸血鬼だらけになるわ」

「全くだね。いや、それはぼくもよくわかってんだ。だが、たとえば、ぼくらの遠い血縁の者の中で、そういうやつがいるのかもしれないと思ったんだ」

「それは考えられないでもないわね」

「そうだろう？　なにしろあのときは何人もの同族の連中がてんでんばらばらに日本へ逃げてきたんだ」

「そのうちのだれかが？」

「うん。それも、やつはきみを狙《ねら》っていたのかもしれない」

「まさか！　私はテニス部じゃないわ」

「きみの親友はそうだろう」

「みどりのことまで調べてるの！」

とエリカは目を丸くした。

「あれがきみへの警告だったとしたら……」

「なぜ私が狙われるの？」

「わからない。――だが、ともかくここで起きた事件は、きみと全く無関係とは思えない」

「それは私も考えたわ」

「この事件のあと、きみはしばらく旅行に出ていたね」

「ええ」

「どこへ行ってたんだい？」

「父に会いに。相談したくって」

「そうか。お元気なのかい？」

「ええ。とっても。——一度会ってみるといいわ」

「そうだね。ぜひ会いたい。おとうさんは、この事件のことで何か言ったかい？」

　エリカが父親の意見を説明すると、速夫はゆっくりとうなずきながら、

「——確かにそうかもしれない。すると殺された女の子たちが、果たしてどこで男の子と会っていたのかが問題だな」

「この近くには違いないわよ。何しろ夜は暗いですからね」

「そうだな。近くで、歩きやすい道があるだろうな。暗がりを歩くんだから」

「捜せば見つかると思うわ」

「警察が捜したんじゃないのかな」

「でも警察は犯人を探してたのよ。殺人現場を、じゃないわ」

「なるほど」

　速夫は微笑《ほほえ》んで、

「きみはなかなか頭がいいんだなあ」

「血統《けっとう》よ」

　とエリカはちょっと気取って言ってみた。——が、ふと真顔《まがお》になると、

「だれかいる」

と言った。

「え？」

「外に。――足音がしたわ。窓の外に」

「耳が鋭いね。ぼくは聞こえなかった」

「父譲《ゆず》りでね」

「ぼくが受けついだのは、催眠術くらいしかないな」

「立ち聞きしてたかしら？」

「聞こえてはいないよ。きみみたいな超能力の持ち主でもなきゃね」

「やめてよ」

エリカは眉《まゆ》をひそめた。

「なんだか安っぽく聞こえるわ。超能力なんて言われると」

「まだいるかい？」

「いいえ。窓から離れていったわ」

「だれかな？　狼男？」

「もしそうだったら？」

「コウモリになって飛んで逃げるさ」

速夫が真面目な顔で言った。

「あら、油くさい」

とエリカの鼻が、うごめいた。

「油と……火だわ！」

ふたりは、部屋から、入り口のロープを飛び越して廊下へ出た。

バンガローの玄関に、一瞬のうちに炎《ほのお》が壁となって立ちはだかった。

「ちくしょう！　火をつけられたぞ！」

「裏口は？」

「ない」

木造のバンガローである。

火はたちまちのうちに天井《てんじょう》に、床にと巨大な舌《した》をのばしてくる。

「ここはだめだ！」

と速夫が言った。

「寝室へもどって、窓から出よう！」

ふたりは、さっきまでいた寝室へもどったが、そこで思わず立ちすくんだ。

窓の外に、火柱が一面に立っていた。

「枝か何かを窓の下へ並べたんだわ！」

「こいつは弱ったぞ」

火は驚くほどのスピードで、廊下を進んできつつあった。

「このままじゃ焼け死ぬわ」

「きみの超能力でなんとかならないかい？」

「消火器は持ち合わせがないのよ」

速夫はふっと木造のベッドを見た。

「そうだ、こいつを――」

「どうするの？」

「これで窓を突き破るのさ。そして一方の足を窓わくへ、もう一方を地面へわたすんだ。ほんの少しの間でも、そこだけ炎が切れる。そこを飛び出す」

「そのベッド、固定してあるのよ」

「わかってる」

「それじゃどうやって――」

「見てろ」

と言うなり、速夫は、ベッドの足のところへかがみ込むと、

「エイッ！」

とひと声、手刀《てがたな》がベッドの足をへし折ってしまった。

「すごい！　それも超能力！」

「プラス空手《からて》さ。いいかい。いくぞ」

ベッドの端に両手をかけ、ぐっと持ち上げると、メリメリと床板が裂けた。

「よし、どいてろよ」

とてもこの細いからだから出る力とは思えない。

やはり父親から、代々の人間離れした力を受け継いでいるのだろう。

速夫はベッドを両手で頭上に差し上げると、一気に窓へと突進した。

ベッドが窓を突き破った。先に出た足が地面へつく。

「早く出るんだ！」

と速夫が叫んだ。炎の中で、ベッドが儚《はかな》いかけ橋となっている。

エリカはベッドの上へ飛び上がった。そのままの勢いで、外へ転がり出て地面へ。

素早く起き上がると、速夫が続いて転がり出て——というより猛然《もうぜん》と突っ込んでくるのが見えて、あわててわきへどいた。

正《まさ》に危機一髪で、一瞬ののちにはベッドも炎に包まれて燃え上がっていた。

ふたりは顔を見合わせ、肩で息をついた。

木造のバンガローは、びっくりするような速さで燃え上がった。本当に、まるでコマ落としの特殊《とくしゅ》撮影でも見ているような気さえした。

「――助かったわ。ありがとう」

とエリカは言った。

「いや、こんなところへ呼び出したのはぼくが悪かった。危険な目にあわせちまったね」

「だれかが私たちを……」

「そうだ。わけがわからない。ぼくらを殺してどうするんだろう?」

「私たちが事件のことを調べるのが怖《こわ》いんじゃない?」

ふたりは、バンガローから離れた空地を見つけ、そこで息をついた。

「――それは妥当《だとう》な考えだな。だけど、ぼくらが事件を調査するなんてことが、なぜそいつにわかったんだろう?」

そう言われると、エリカもなんとも答えようがない。

そのとき、バンガローが音をたてて焼け落ちていくのが、木々の間から見えた。


「ええ? なんですって?」

とみどりがきき返した。

「だからね、テニス部の人たちが、あの合宿のとき、交流していたクラブはなかったたかっていうの」

エリカの説明にも、みどりは不審《ふしん》げに、

「交流って……。そりゃね、高校同士で対抗試合とかいろいろあるけど」

「あの合宿のときは？」

「さあ。――特に予定はなかったはずよ」

「そう」

「でも、たまたま近くに別の高校がいて、いっちょ、やろうかってことになっても不思議はないけどね」

「じゃ、そのへんは涼子《りようこ》さんのほうがくわしいわね」

「呼んどいたわ。――ほら来た」

松山《まつやま》涼子が、相変わらず青白い顔で、フルーツパーラーへはいってきた。

どうも、やたらにパーラーだの甘味《かんみ》喫茶だのが出てくるが、それだけひんぱんに足を運んでいるのだから仕方ないのだ。

涼子は、エリカの質問に、

「はい、やってました」

とうなずいた。

「なんていう高校？」

「ええと……兵庫《ひょうご》のS高校って言ってましたわ」

「S高校？　あんまり聞かない名ね」

とみどりが首をひねる。

「高校なんてたくさんあるもの。——で、その学校は男の子もいた？」

「男子ばっかりでした」

「そう。近くにいたの？」

「それは知りません」

と涼子は首を振った。

「三年生はあっちへ訪問に行ってましたけど、二年生は留守番《るすばん》で」

「でも、交流試合は見たんでしょ？」

「はい。私もやりました」

「じゃ、相手の人は覚えてる？」

「さあ、顔までは……」

「そう」

みどりが不思議そうに、

「ねえ、エリカ。なんでそんなことをきいてるの？」

「そのうち説明するわよ」

とエリカは言って、

「ねえ、これは答えにくいかもしれないけど、答えてほしいの」

「なんでしょう?」

涼子が不安そうにきいた。

「あなたは、夜になると、向こうで知り合ったボーイフレンドと会っていたって言ったわね」

「ええ」

「それじゃ、ほかのメンバーも、同じことをしていたんじゃない?」

「ねえ、ちょっと——」

とみどりが口を出した。

「いくらなんでも、それじゃ我がテニス部が、男好きの集まりみたいに聞こえるじゃないの」

「そう怒らないの」

とエリカは笑って、

「ね、涼子さん、なんとか思い出してくれない?　それらしいようすの人はいなかった?」

「さあ……」

涼子は当惑顔《とうわくがお》で、

「そんなこと、考えてもみなかったものですから」

「そうよ。テニス部にそんな不謹慎《ふきんしん》なのはいませんよ」

とみどり。

「そうとは限らないわよ。ひとりやふたりいておかしくないと思うんだけど」

「でもそれなら涼子が知ってるはずよ」

「そこなのよ」

「え？　そこ、って？」

「本当なら、そんなことがあればいやでも噂《うわさ》になり、涼子さんの耳にもはいったはずよ」

「だから？」

「それを涼子さんが知らないっていうことは、全然そんなことがなかったのか。それとも……」

「それとも？」

「みんながしていたか、よ」

みどりが啞然《あぜん》としていると、

「お待たせ」

と千代子がはいってきた。

「なんの話？」

「エリカがね、テニス部はボーイハント同好会だったって言ってるとこなのよ」

「違うわよ」

エリカが話をすると、ふと千代子が、

「S高校？」

ときき返した。

「そう。知ってるの？」

「神戸《こうべ》のS高校？」

「ええ、そうです」

「そこのテニス部ですって？」

「はい」

「変ね。――私の小学校時代の友だちがね、転校していって、S高校へ行ってるのよ」

「それで？」

「テニス好きな子なの。でもついこの間よ、手紙をよこして、テニス部がないからつまらない、って……」

「そんな！」

涼子が声を上げた。

「確かにS高校のテニス部だって言ったんです」

「どうやらそのへんに鍵《かぎ》がありそうな気がするわ」

とエリカが言った。

「じゃ、そのS高校テニス部と名乗ってたのはだれなのかしら？」

「それをこれから調べる必要がありそうね」

涼子が、遠慮がちに、

「あの——もう失礼してもいいでしょうか？」

と言った。

「ええ、ありがとう。もういいわ」

とエリカが微笑んでみせる。

「それじゃ——」

と涼子は立ち上がったと思うと、一瞬、からだがよろけ、床に崩《くず》れるように倒れてしまった。

「涼子！」

あわててみどりが助け起こす。

千代子もエリカも一緒に抱え上げた。

「まだ元にもどっていないようねえ」

とみどりが言った。

エリカは、ふと涼子の喉に目を止めた。そこに、かすかだが、まちがいようもない傷跡があった。

歯の跡、だった。

4

「大丈夫なの？」

母親にきかれて、松山涼子《まつやまりようこ》は、

「ちょっと疲れてるだけよ」

と微笑《ほほえ》んでみせた。

「そんなこと言って、貧血おこして運ばれてきたくせに」

「平気だってば。早く寝るわ、おやすみなさい」

「あす、学校休んだら？」

「そんなに休めないわよ」

その声はもう階段の半《なか》ばから聞こえてきた。

「──大丈夫なのかしら」

居間へもどって、涼子の母が心配げに上を見る。

「まあ、仕方あるまい。あんな目にあったら、だれだってしばらくはおかしくなるさ」

と父親も内心は心配なのだが、外見上は平然としている。何しろ涼子はひとり娘だ。テニス部も絶対にやめさせる気でいるが、もしまた合宿にでも行くなどと言い出したら、父母同伴でなきゃ承知しないにちがいない。

「いや、それはわかってるんですがね……」

と母親は不安顔。

「じゃなんだ？　ほかに心配でもあるのか？」

と父親は読んでいた新聞から顔を上げた。

「ええ……」

と母親はためらっていたが、

「実は、まさかと思うんですけど」

と言い出した。

「何がまさかだ？」

「ほら、あの子、事件のとき、男の子と会っていたでしょう？」

「ああ、金沢《かなざわ》のほうの高校の生徒だろう」

「それで……もしかして、涼子、妊娠《にんしん》してるんじゃないかと……」

「な、なんだと？」

父親の顔色が変わった。

「そ、それは確かなのか？」

「いえ、ふっと、もしかしたらと思っただけですよ」

「なんだ」

とホッとしたようす。

「でも、このところなんとなく具合が悪そうだし、ときどき立ちくらみを起こすようですし……」

「きいてみたのか？」

「そんなこと、まともにきけやしませんよ」

「ふむ……」

「それにね、ちょっと妙なことがあるんですの」

「妙なこと？」

「ここ何日か、ときどき朝起きると、裏口の戸のチェーンがはずされてるんですよ」

「かけ忘れじゃないのか？」

「最初はそう思ったんですけど、こう何度も忘れるはずはありませんもの」

「なるほど。すると涼子が――」

「夜の間にどこかへ出かけているんじゃないかと思いましてね」

「その恋人が会いに来るとでもいうのか？」

「そりゃわかりませんけど」

父親はじっと腕組みをして考え込んでいたが、やがて、

「よし！」

とうなずいた。

「今夜はひとつ徹夜で見張っていよう。もし涼子が出かけるようなら、あとをつけて、相手を取っ捕まえてやる！」

「そうですねえ。ただ……」

「なんだ、まだあるのか？」

「いいえ。あの子にしてみれば、夜中にこっそり家を脱け出すなんて、事件の晩みたいで、とっても怖いだろうと思うんですよね。あんなに怯《おび》えているのに、そんなことをするかどうか……」

「疑われないように、怖いふりをしているだけかもしれんぞ」

「あの子がそんな――」

「わからんさ、いまの子はびっくりするようなことをやるからな」

「どっちに似たんでしょうね」

父親はエヘンと咳払《せきばら》いをした。

——十二時、一時と過ぎて、二時近くになると、親のほうもついウトウトとしがち。ガタン、という音で、母親がハッと目を覚ました。

「あなた！」

と父親を揺すり起こして、

「音がしたわ。物音が」

ふたりは、そっと裏口のほうへと廊下《ろうか》を進んだ。裏口の鍵《かぎ》があいていて、チェーンが下がって揺れている。

「出ていったんだわ！」

「追いかけよう」

ふたりはサンダルを引っかけ、裏口から外へ出た。

幸い、ここからは一本道で、迷うことはない。急ぎ足で道を辿《たど》っていくと、夜の暗がりの中にも、涼子の白っぽい、パジャマ姿が見えた。

「あそこだ」

「どうしましょう？」

「あとをつけるんだ。決まっとる」

——このあたりは、まだほうぼうに林の残る新しい住宅地で、この道は、未開発の林のほうへと続いているのだ。

「どこまで行くのかしら……」

せっせと歩きながら、母親が言った。

「風邪《かぜ》をひくじゃないの」

道は林の中へはいって、くねくねと折れ曲がっているので、見失わないようについて行くのはひと苦労だった。

そして——ふっと、かき消すように涼子の姿が消えてしまったのだ。

「——ど、どこへ行ったのかしら？」

母親がオロオロして周囲を見回す。

「——待て、おい。ここから逆に林の中へはいっていったんだ、きっと。だから消えたように見えたんだよ」

さすがに父親のほうは落ち着いている。

「こ、こんな所へどうして？」

「知るもんか。——林を突っ切ると、どこかへ出るんじゃないのか？」

母親がちょっと考えてから、言った。

「墓地だわ」

ふたりは顔を見合わせる。

「あ、あなた、どうしましょう？」

「しっかりしろ！　こどもじゃあるまいし」

そう言う父親のほうも青くなってはいたのだが、暗いので幸いわからない。

「行ってみよう」

「待ってくださいよ！　手をつかんでてくださいね！」

母親が情けない声を上げる。

苦労して茂みをかき分け、進んでいくと、急に目の前に墓地がひらけた。

かつては田んぼの真ん中だったので、小さなボロ寺のわりに墓地は広々としている。

そのうち、この辺も墓を移して建売住宅が建つのだろう。

「気味が悪いわね……」

「しっかりしろ！」

「でも……幽霊が……」

「いまはもうシーズンじゃない！」

父親の言葉もあまり科学的とは言えない。

「ど、どこにいるのかしら？」

「ど、どこかにいるはずだ」

キョロキョロと見回しているうちに、母親が、

「あそこに――」

と指さしたのは墓地のはずれの、木が何本か固まっているところ。なるほど、白っぽい姿が浮かんでいるのは涼子らしい。

「よし、近づいてみよう」

ふたりは、足音を殺して、おっかなびっくり、進んでいった。

風が起きて、木の枝を鳴らした。

涼子は、ひとりでポツンと突っ立っている。母親が出ていこうとするのを、父親がぐいと押さえ、

「いま出たら、相手の男も捕まえられなくなるじゃないか」

と低い声で言った。

「でも……」

と母親は気が気でないようすで、

「あの子のようす、どこかおかしいじゃありませんか」

と言う。――なるほど、涼子はボンヤリと立っているだけで、だれかを待っているにしても、ちょっと妙な感じである。

「まるで立って眠ってるみたい……」

「う、うん。だが……」

ふたりともなんとなく言葉を飲み込んでしまった。その場の雰囲気《ふんいき》というものだろうか、何かが起こりそうだという気がして、動くことも、口をきくこともできないのである。

そこへお寺の鐘《かね》がボーン――というのはできすぎだが、実際、そんな音がしたようにふたりの耳には聞こえた。

「な、何か聞こえた？」

「さ、さあ、わ、わからんが……」

いつしか父親の声も震えている。そして、目を見張ると、

「見ろ！」

と指さす。――涼子が立っている目の前の土が、ムクムクと盛り上がってきたのである。

呆然《ぼうぜん》と見ていると、やがてザザッと土が分かれて流れ落ち、棺《ひつぎ》のふたがはねるように開いた。

「わっ！」

「きゃっ！」

当然のことながら前のほうが父親、あとのほうが母親の声と思われるだろうが、実は

逆であった。いや、そんなことはどうでもいいのだ。

突如《とつじょ》として土から立ち上がったのは、長身の黒衣をまとった男だった。輝くような光を放つ目が、目ざとく物かげの涼子の両親を捉《とら》えた。

「ウーン」

と、父親と母親の、これは二重唱で、ふたりとも仲よくその場に失神してしまう。

気絶しやすい体質は涼子も親ゆずりなのだろう。

「よく来たな……」

と黒衣の男が涼子を抱き寄せる。涼子のほうは全く夢うつつというようす。

「待っておったぞ」

男が鋭く尖《とが》った歯を涼子の白い喉《のど》へと……。

「おとうさん！」

リンとひびき渡る声に、ギョッとして——、

「なんだエリカか……」

フォン・クロロックは渋《しぶ》い顔でふり返った。

「何してんのよ！」

目をキッと吊《つ》り上げて、エリカが、茂みからヒョイと出てきた。

「いや、ちょっとその……」

とクロロックは口ごもって、

「この娘が肩がこってるようだったので、少しマッサージしてやろうと思ってな」

「ごまかしたってだめ！」

エリカはすごい剣幕《けんまく》で、

「この子の血を吸ってたでしょう！　ちゃんと歯の跡も見たのよ！」

「うん、まあ、な」

「まあな、じゃないわ！　この子は大体貧血気味ですぐひっくり返るのよ。血を吸うなら一度にしときなさいよ」

「そのつもりだったのだ。しかし、実に何年ぶりかで味わう美味だったから、つい……。それにこの娘は私の好みにピッタリなのだ。実にイカシとるよ」

「変な日本語覚えちゃって」

とエリカは苦《にが》い顔で言った。

「ともかく、この子はもうだめ！　わかった？」

「わかったよ」

クロロックは未練《みれん》の残るようすで、

「ほんのひと口だけ……」

「いけません！」

とかみつきそうな顔でエリカが怒鳴《どな》った。吸血鬼がかみつかれてはサマにならないが。

「わかったわかった。——おまえもかあさんそっくりだな、怒ったところは」

クロロックが指で涼子の額を軽くなでてやると、涼子は、クルリと向き直って、やっと道をもどりはじめた。

「——いつ東京へ出てきたの？」

とエリカがきいた。

「三日ばかり前だ。おまえのことが心配でな」

エリカは表情を和《なご》ませて、父親に抱きついた。

「どうして私のところに来ないのよ？」

「おまえのボロアパートにこんな棺を置くところがあるのか？」

「失礼ね！——まあ狭いにはちがいないけど」

「帝国《ていこく》ホテルとかヒルトンホテルとかいうのは、棺を持っちゃ泊まれんかな？」

「あたりまえでしょ。——いいじゃないの、この辺で。でも、涼子さんの両親が見ちゃったから……」

「それなら大丈夫。家へもどしときゃいい」

「じゃ、ちゃんと自分でやってよ」

「わかっとる」

クロロックは、気絶している涼子の両親のほうへ歩いていくと、エイッとふたりをかかえ上げ、右に父親、左に母親をかかえて、スタスタ歩き出す。

「力は衰《おとろ》えてないわね」

「あたりまえだ。これでも毎日きたえとるんだぞ」

「ルームランナーか何かで？」

——涼子の家へ両親を運び込むと、居間のソファーへ寝かせておいて、棚からウイスキーを出してくる。そしてグラスをふたつ置いて少しウイスキーを注いで、

「これで、酔って夢を見たと思うさ」

と満足げに言った。

「大丈夫かしら？」

とエリカはいささか頼りなげである。

墓地へもどると、クロロックは大きく伸びをした。

「故郷とはだいぶ趣《おもむき》が違うが、やはり墓地というのはいいもんだな」

「そんなことより、ずっとここに居着《いつ》くつもり？」

「迷惑か？」

「そうじゃないけど……。心配よ。もし人に見られて——」

「心配するな。私は自分の面倒くらいみられる」

「そうね。私もおとうさんがそばにいれば心強いわ」

と言ってから、

「あ、そうだ。私のねえ、いとこって人に会ったのよ！」

「なんだと？」

エリカが、北川速夫《きたがわはやお》との出会い、そしてあのバンガローで危うく焼け死ぬところだったことを話してきかせると、

「ふむ。やっぱり危ない目にあったんだな？　だから言っただろう」

「仕方ないじゃないの。――ね、その北川さんって人に会ってよ」

「いいとも。親類とあらば、大歓迎だ。棺でもひとつプレゼントするか」

「やめてよ、おとうさん」

とエリカは気が気でないようす。

「それより、事件のほうよ。あのあと、バンガローは焼けちゃったけど、それに火をつけた人間がいるはずなのよね。少しあたりを捜したんだけど、結局むだだったわ。雨が降りだしたものだから」

「なるほど。しかし敵はおまえらの動きを見ていられる立場にあるわけだな。こいつは厄介《やっかい》だぞ」

「といってこのまま――」

「むろんだ。おまえが手を引いても、向こうが手を引くまい」

「つまり……戦うほかはないっていうことね」

緊張した声で、エリカが言った。

「そういうことだ。——いいか、十分気をつけるんだぞ」

「ええ。——でも、何かできることはないかしら？」

「ほかに手掛かりはないのか？」

「あ、そうだわ」

エリカが、S高校の幻《まぼろし》のテニス部のことを話すと、クロロックは得たり、という顔で、

「言ったとおりだろう。みんなそこの連中とあいびきしとったにちがいない」

「あいびき、なんて古いわね。——でも、どうやって捜せばいいか、見当がつかないのよ」

「待てよ……」

クロロックはじっと考え込んだ。

「その連中が何者だったにせよ、一度そうやって血の味を覚えたからには、おそらくまたやらかすにちがいない」

「次の犠牲者《ぎせいしゃ》が出るまで待ってるの？」

「そうは言わん」

クロロックは、何を考えついたのか、ニヤリと笑った。

「大丈夫なの、本当に？」

とみどりが言った。

「ここまで来て何言ってんのよ」

と、千代子《ちよこ》がからかう。

「心配しないで。私の親類なんだから」

エリカの言葉にみどりと千代子はびっくりして顔を見合わせた。

ここは、北川速夫のマンション。三人はエレベーターを待っているところだった。

「あら、この間の――」

とやってきたのは、速夫の部屋の向かいで、この間荷物を預かってくれた主婦である。

スーパーの袋をかかえている。

「先日はどうも」

エリカは丁寧《ていねい》に頭を下げた。

エレベーターで一緒に四階へ上がりながら、

「あの北川さんも変わった人ね」

とその主婦が言った。

「あんなところにひとり暮らしで、寂しくないのかしら。それによく夜中に出かけたり帰ってきたりするのよね」

吸血族は夜型ですから、とも言えないので、エリカは黙っていた。四階に着くと、ゾロゾロと同じ方向へ歩き出す。

「それに――」

とその主婦がまた口を開いて、

「よく夜中に人が集まるようね」

と言った。エリカは、

「夜中に？」

と思わずきき返した。

「そうよ。この間も、十二時ごろかしら。ずいぶん何人もあの部屋を訪ねてきたみたいだったわ」

「パーティーでもやるのかしら？」

とみどりが言った。

「いえ、でもね、静かなものなのよ。全然うるさいとか、そんなことはないから、こちらは構わないの。いまの若い人たちは夜ふかしですものね――それじゃ」

「失礼します」

――主婦が部屋へはいってドアをしめる。エリカたちは顔を見合わせた。

「真夜中の客、か。なんだか意味ありげね」

と千代子が言った。

「ともかく、チャイム鳴らして」

すぐにドアが開いて、速夫が顔を出した。

「やあ、よく来たね。はいってくれよ」

――確かに、男ひとりの住まいにしては、驚くほどきれいで、まるでマンションのモデルルームか何かのように整《ととの》っている。

速夫のいれてくれたコーヒーをすすりながら、エリカはみどりと千代子を改めて紹介した。

「催眠術、使うんですか？」

みどりが興味津々《しんしん》という顔で身を乗り出した。

「まあ、大したことないけど」

と速夫が苦笑する。

「かかりやすい人とそうでない人がいるから」

「いいなあ、私にもできたら……」

「みどりのことだもの、どうせろくなことに使わないんでしょ」

「おかあさんにかけて、財布からお金を取り出させるの」

「そんなことだと思った」

みんなが笑った。——なんとなく堅苦しかった気分がだいぶほぐれた。これもみどりの才能のひとつかもしれない。

「——ところで、ぼくは神戸《こうべ》へ行ってね」

と速夫が言った。

「調べてきたよ、例のS高校というのをね」

「どうだった？」

「確かにテニス部はない。でも、この夏休みに、テニス好きが集まって、臨時の同好会を作り、合宿に行ったそうだ」

「じゃ、本当にあったわけね」

「ただ、きいてみると妙なんだ」

「妙って？」

「そこは男の子ばかりだったって言ったろう。実際に行ったのは、ほとんどが女の子なんだよ」

「それじゃ……」

「ぼくはなんとかその同好会の子をひとり探して話を聞いたんだ。――確かにあの近くで合宿をしていたらしい。同じころにね。でも、そのときに、学校の名のはいったペナントやら、道具一式を盗まれちゃったんだって」

「じゃ、大損害ね」

「それで、さんざん捜し回って、地元の警察にも届けて、みんなガッカリしていたらしい。まあせっかく来たんだからと言って、近くをハイキングしたり、自転車を借りてサイクリングとかね。――で、さてもう帰る日になって、朝起きると、泊まっていたバンガローの前に、盗まれた物が全部ほうり出してあったんだ」

「返しに来たのね」

「借り賃は置いてなかったらしいがね」

「変な泥棒」

とみどりが目をパチクリさせる。

「それが、例の事件のあった次の日なんだ」

「するとまちがいなく犯人ね。――図々《ずうずう》しいわね、全く！」

「だからいっこうに手掛かりはつかめないってわけさ。――あ、チョコレートでもどう？」

と速夫が、戸棚から、菓子皿に球になったチョコレートを入れてテーブルへ持ってく

る。みどりが、

「いただきます」

と言うより早く手を出して、ふたつ、三つを一度に口へほうり込んだ。千代子が笑いをかみ殺して、

「こういうときは素早いわね」

と自分もひとつつまんだ。すかさずみどりがわしづかみ――はオーバーだが、五、六個一度につかんだので、ひとつが床に落ちて転がった。

「あっいけない！　こら待て！」

と言ったって、チョコレートが、

「はい、わかりました」

と止まるはずもない。L字型に置かれたソファーの角にある小さなテーブルの下へとはいってしまった。

「ああ、もったいない」

みどりは、テストで〇点を取ったときよりよほど悔《くや》しそうであった。

「拾っておきなさいよ、みどり」

「洗えば食べられるかしら？」

速夫がつい笑い出して、

「いや、いいよ、ほうっておけば。あとで掃除のときに取るから」

「私、取ってあげる」

スマートな千代子が立っていってしゃがみ込んだ。

「大丈夫？」

「手が長いからね。——よいしょ」

テーブルの下へと手を入れたが……。

「あら、何かしら？」

と声を上げた。

「どうしたの？」

「何かテーブルの裏側に……。コードがあるわ」

エリカが飛びはねるように立ち上がって、千代子を押しのけるように、

「どいて！」

と自分が代わって潜《もぐ》り込んだ。テーブルの下の板の裏側を手で探《さぐ》ると、何か、小さな四角い物が貼《は》りつけてある。そこからコードがのびて……。

「どうしたの？」

とみどりが寄ってくる。

「チョコレート、あった？」

エリカは立ち上がると、

「はい、これでしょ」

「何よ、何もないじゃない」

エリカはテーブルの上にあった新聞の広告のところを破ると、手帳の鉛筆を出して走り書きした。みんながそれをのぞき込む。

（隠しマイクがある。みんな気づかないふりをして！）

「ああ、よかった。いつまでも落ちてたんじゃ汚《きたな》いものね」

みどりがさっそく調子を合わせる。少々口調がわざとらしかったが。

「どうだい、この近くにクレープのおいしい店があるんだ」

と速夫が自然な調子で言った。

「何かおごろうか？」

これにみどりが飛びつかぬわけがない！

「出まかせに言ったのかと思ったわ」

とエリカもクレープをほおばって言った。

「嘘《うそ》だったら、私、ショックで死んでる」

と言うのは、もちろんみどりである。

「しかし、だれがいったい、隠しマイクなんて……」

と速夫は首をひねった。

「だれか、あなたの動きを見張ってる人がいるのよ」

「コードを辿《たど》っていけばわかるんじゃない？」

と千代子が言った。

「だめよ、あれはコードというよりアンテナなの。だから少し先で切れたわ」

「じゃワイヤレスマイク？」

「ええ。でも、ワイヤレスだと、よほどの高級品でない限り、そう遠くまでは届かないはずなのよ」

「よくスパイ映画であるじゃない。あれ、ずいぶん遠くで受信してるわ」

「ＣＩＡとかＦＢＩならともかくね。普通で手にはいるものじゃないわ、そんな一流品は」

「あれをどうするかな」

と、速夫が考え込んだ。

「向こうはぼくらが気づいたことに気づいたかな？」

とややこしいことを言い出す。

「そうねえ……。五分五分《ごぶごぶ》だと思うけど」

「盗聴《とうちょう》しているといっても、二十四時間、つきっきりで聞いているとも限らないし、あれを聞いても、気づかれたと思うかどうか……」

「向こうが気づいてなければ、あれを逆用することはできるわね」

「逆用って？」

「どこかへ相手をおびき出すっていう手よ」

みどりが目を丸くして、

「そんなことして大丈夫？」

「ほかに手はないじゃないの。向こうの正体は全くわからないのに、こっちのことは向こうに筒抜《つつぬ》け。よほど思い切った手を打たないと」

「それもそうね……」

千代子がおずおずと言った。

「ねえ、こういうことは警察に任せたら？」

「だめよ！」

みどりが憤然《ふんぜん》として、

「テニス部の敵《かたき》はテニス部で討《う》つのよ！」

まるで時代劇である。

「これだけの証拠《しょうこ》じゃ警察は相手にしてくれないと思うわ」

とエリカが言った。

「ともかく、私と速夫さんで、できるだけのことはやるから。――あなたたちはいいわ。危ないから」

「冗談じゃないわ！　友だちを見捨てられますか、って。ねえ、千代子？」

「う、うん……」

千代子があまり気の進まない声を出した。

いったん、マンションへもどると、速夫とエリカは当たりさわりのない話をしたあとで、

「じゃ、今夜、一時に」

と約束して、マンションを出た。むろん向こうに聞かせるためである。

「エリカ、本当に一時に来るつもり？」

「ええ。あなたたちは無理でしょ。いいのよ」

「私だって来たいのよ」

とみどりが悔しそうに言った。

「いいわねえ、ひとり暮らしは。私もひとりで生活したい」

「みどりがひとり暮らしなんかしたら、洗い物はたまるし、ごはんは作らないし、どうしようもなくなっちゃうわよ」

と千代子がからかう。

「わかってるわよ。だからずっとホテルに泊まるのよ」

みどりが言い返した。


十二時過ぎ、エリカは自分のアパートを出た。

いつもの、割合キチンとした服装とは変わってジーパン姿である。

何があるかわからないのだ。一応、ポケットにはナイフがはいっている。懐中電灯も、迷ったけれど持っていくことにした。

自分は夜でも目がきくが、速夫のほうはエリカほどでもないようだ。それに大型の懐中電灯なら、武器にもなる。

こんな格好で夜中に歩いていたら、泥棒と思われそうね、とエリカは思って、つい笑ってしまった。

タクシーで、速夫のマンションへ向かう。運転手がエリカの格好を見て不思議そうに、

「こんな時間にどこへ行くんだね？」

ときいた。

「吸血鬼と狼《おおかみ》人間の映画があるの」

「こんな夜中に？」

「ええ、ムードがあっていいでしょ？」

冗談も緊張をほぐすには役立つものである。運転手のほうは首をひねるばかりだった。

エリカは、窓の外を後方へと流れ去っていく夜の町をぼんやりと眺めていた。

北川速夫。

――いとこというだけでなく、何か不思議なつながりを、エリカは感じていた。もちろん、吸血鬼の血をひいているということで、エリカはいつも孤独に堪《た》えなければならなかったのだ。

おそらく、その点は速夫も同じだったにちがいない。――そのことが、どことなくふたりを似通った者同士にしているのかもしれない……。

ふっと、エリカは思った。――私、あの人のことを好きになったのかしら？

タクシーを降りて、マンションへはいっていく。エレベーターに乗ると、あの速夫の向かいの部屋の主婦の言葉を思い出した。

「夜中に人が訪ねてくる……」

あれは本当かしら？　こういうところは足音も反響して、どこから響いてくるのかよくわからないことが多い。

速夫はそんなことは言っていなかった。いつもひとりで退屈している、と言っていた。

速夫が嘘をつくはずはない……。

チャイムを鳴らすと、すぐにドアが開いた。

「やあ、一度はいったら？」

「ええ」

エリカは、なんとなく、おずおずと部屋へはいった。

「まだ一時には間がある。——すぐに出かける？」

「ちょっと待ちましょう」

「そうだな」

ふたりは、ソファーにかけて、なんとなく黙り込んだ。

「今夜はお客は来ないの？」

エリカがきくと、速夫はちょっと不思議そうに、

「客なんかここには来ないよ。何しろ付き合いが狭いからね」

と笑った。

「どうして、そんなことをきくんだい？」

「いいえ、べつに……」

エリカは、速夫のごく自然な口調を、どう考えていいのかわからなかった。

しばらくふたりは黙り込んでいた。なんとなく気づまりで、エリカはベランダへ出る

ガラス戸のカーテンをあけて外を眺めた。

ふと肩に手が触れて、ふり向くと、速夫の目に出会った。——ごく自然にふたりの唇《くちびる》が出会った……。

「——かみつかなかったね」

と速夫が言った。エリカは軽く笑って、

「あなたも催眠術はかけなかったわね」

と言ってやった。

「さあ、行こうか」

「ええ！」

マンションの一階へ下りると、速夫が駐車場から車を出してきた。

「車、持ってるの？」

「無免許だから、命は保証しないよ」

「いやあね、本当なの？」

「あれはいろいろとうるさいだろ。何しろこちらは身元がはっきりしてないからね」

「捕まったらどうするの？」

「どうすると思う？」

「わかった。警官に催眠術をかけるのね？」

「ご名答！」

車は夜の町へと滑《すべ》り出していく。

「ところで、どこへ行くんだい？」

エリカは地図を見せた。

「ここはどこ？」

「墓地」

「へえ。デートにしちゃ変わった場所だ」

「父がいるのよ」

「おとうさんが？」

「ええ。——あら、見てよ」

とエリカは、バックミラーへ目を向けて言った。

「あの車、ずっとついてくるわ」

「なるほど、ちょっと怪《あや》しいね」

「いいわ。このまま走りましょう」

「了解」

いったいだれがつけてくるのか。——ともかく、それを知るのが第一の目的である。

車で、地図のとおり、郊外へと出ていく。

「ずっとついてくる。やっぱりぼくらをつけているようだね」

「ええ。でも……」

とエリカがちょっと言いかけて、言葉を切った。

「何か気になるの？」

「あんなにはっきりと、わかるようについてくるなんて……」

「見失わないようにだろう」

「そうね」

とは言ったものの、どうも気になる。わざと、わかるようにつけているのではないか、という気がしたのである。

「――この先を右だね」

「ええ。そこから歩くの」

車は例の古ぼけた寺の前に止まった。

「こんな所にいるのかい、きみのおとうさん？」

「ええ。お墓が好きなの」

「さすがは正統派だなあ」

「ああいうのを正統っていうのかどうか知らないけどね」

ふたりは車のわきを回って、相変わらず物寂《ものさび》しい墓地へとはいっていった。

「車が止まったよ」

と速夫が言った。

「ええ、聞こえたわ」

「そうか、耳はきみのほうが鋭いんだっけね」

「いちばん奥まで行きましょう」

墓石の間を抜けて、父の棺《ひつぎ》の埋まっているところまでやってきたが、

「あら……」

とエリカは足を止めた。

もう真夜中はとっくに過ぎたというのに、棺のふたは開いておらず、それどころか、
地面のようすが、変わっている。

「おかしいわ。おとうさん、引っ越したのかしら？」

「引っ越した？」

「そう。ここに棺ごと埋まってたのよ。夜中になると出てきてね」

「へえ！　さすがだね」

何がさすがなのか、よくわからない。

「仕方ないわ。そう遠くには移ってないと思うんだけど……」

そのとき、背後で、

「ワーッ！」

と声が上がった。

「た、助けて！　キャーッ！」

男の声だ。ふたりが顔を見合わせ、急いでもどっていくと、墓の間から、ヌッと黒い影が現れ、速夫が、

「だれだ！」

と身構えた。エリカが速夫の腕をつかんで、

「いいの。――父よ」

クロロックが、片手に、まるでデパートの紙袋でも持つように、軽々と男をひとりぶら下げていた。

「こいつがおまえらのあとをつけていたぞ。知っとるのか？」

ドサッと投げ出された男は、気絶していた。エリカと速夫は男の顔をのぞき込んだ。

「知らないわ」

とエリカが言った。そして、速夫のほうを向いて、

「おとうさん、この人よ。私のいとこ。おとうさんの甥《おい》にあたるのね」

「お会いできてうれしいです。北川速夫といいます」

「弟の息子だって？」

「はい。よく父があなたのことを話してくれました。一族の誇《ほこ》りだ、と」

「うん？　まあ……それほどでもないが」

と言いながら、悪い気はしないらしい。

「確かに弟の面影《おもかげ》があるな。――母は日本人か？」

「そうです」

クロロックは、骨ばった大きな手を、速夫の肩に置いて、

「会えてよかった。弟が生きている間に会えなかったのは残念だよ」

と親しく声をかけた。

「おとうさん、どこへ移ったの？」

「うん？　ああ、そっちの林の中だ。何しろ墓地も夜はいいが昼間はこどもの遊び場になるのでな。うるさくてかなわん。ドタバタ、キャーキャーとやられて、ちっとも眠れん。これでは安眠妨害《あんみんぼうがい》だ！」

「そんなこと言ったら東京には住めないわよ」

とエリカは笑った。

「この男、どうしたの？」

「足首をつかんで二、三回振り回してやったら気絶した。たぶん死んじゃおらんだろう」

「気がついたらしいよ」

と速夫が言った。

男が、ウーンとうめいて、目を開くと、キョロキョロと周りを見回し、クロロックを見て、

「キャッ！」

と飛び上がった。

「た、助けて！ ……命ばかりは……」

「どうしてこのふたりのあとをつけていた？」

「そ、それは……頼まれたんです」

「だれに？」

「知りません」

「嘘をつくと、また振り回すぞ」

「ほ、本当ですよ！」

男は地べたを這《は》って逃げながら、

「金に困ってたんで……車であとをつけたら一万円やると言われて……。全然知らない人でした。本当ですよ！」

なおもクロロックが脅《おど》しつけたが、男はいまにも泣きださんばかり。

「どうやら本当らしいわよ、おとうさん」

「うむ。……よし、とっとと行け」

「は、はい！」

と言ったものの、腰が抜けて、立てない。

「世話の焼けるやつだ」

クロロックが、まるで猫《ねこ》でもつまみ上げるように、男のえり首をつかんで持ち上げると、二、三メートル先へほうり出した。

ドシンと尻《しり》もちをついたが、男は痛さも忘れたのか、国体にでも出られそうなスピードで、駆け出していってしまった。

「あんまり乱暴しないでよ。殺しちゃったらどうするの？」

とエリカがたしなめる。

「いや、しばらく人間を相手にしとらんものだから、力の入れ方がわからんのだ」

「驚きました。すごい力ですね」

速夫はほとほと感心したようす。

「そんなことより……。気になるわ。なぜあの男にあとをつけさせたのかしら？」

「そうだな。あんな頼りないやつでは到底《とうてい》役に立たんことぐらいわかりそうなもんだ」

「それを承知でつけさせたということは……」

「おまえらを油断させるのが目的だったのかもしれんぞ。そうなると、向こうは、その間に何かやらかす気にちがいない」

「何を？」

だれも答えられる者はいない。――しばらく黙り込んでいると、風が吹いてきた。クロロックが眉《まゆ》を寄せて、

「ん？――これはなんだ？」

「どうしたの？」

「匂《にお》いだ。おまえは感じないのか？」

「私は何も……」

「どうもこれは……血の匂いだぞ」

「この近くで？」

「行ってみよう」

クロロックが先に立って歩き出す。林を抜けると、道は少しずつ広くなってきた。

「こっちは、松山涼子さんの家のほうだわ」

とエリカが言った。そして鼻をうごめかせながら、

「そう……。私にも匂いがわかるわ。血の匂いよ」

「こいつは大変だぞ」

三人は足を速めた。

涼子の家の、門があけ放たれている。中へはいると、玄関の前に犬の死体が転がっていた。

喉《のど》をパックリと裂かれて、その血が敷き石を赤く染めている。

「涼子さん！」

エリカが、玄関をあけて中へはいった。血の匂いが立ちこめている。

「涼子さん！　――だれか！」

と叫んだが、返事はなかった。

速夫が居間へはいっていくと、明かりをつけて、息を呑《の》んだ。

「――こっちだ」

声がこわばっている。

居間に、涼子の両親が殺されていた。父親はソファーにもたれたまま、母親は床に大の字になって倒れている。

「ひどい……」

エリカが思わず言った。

ふたりとも、あのバンガローの犠牲者と同じように、喉を裂かれて、血が胸元を染めていた。すでに命がないのは、一見して見てとれる。

「なんて野蛮《やばん》なやつだ！」

クロロックは怒りに声を震《ふる》わせていた。

「こんなことをやるやつは獣《けもの》も同じだ！」

「涼子さんも、どこかで……」

エリカが暗い表情で言いかけた。

「静かに！」

とクロロックがエリカを制して、じっと耳を澄ました。

「何か聞こえるぞ。……だれかがいるのだ。この家の中に」

もしかして、この犯人がまだ？——三人は一様に緊張した。

コトン、と何かが落ちる音が、三人の頭上で聞こえた。二階らしい。

「上に——」

「おまえはここにいろ！」

クロロックが厳《きび》しい口調で言った。そして居間を出て、二階へ上がっていく。

エリカと速夫はじっと息を呑んで待つ。——時間が、ひどく長いように感じられた。

クロロックが、両手に、涼子のからだを捧《ささ》げるように持って現れた。

「涼子さん！」

パジャマが血に染まり、首のあたりに傷口が開いている。

「まだ、わずかだが息があるのだ」

「じゃ、救急車を――」

と速夫が電話のほうへ行きかけるのを、

「待て」

とクロロックは止めた。

「この娘は私に任せろ」

「おとうさん、それは無理よ」

「いや……もしこの娘が死ねば、私にもいくらかの責任があるかもしれん。ほうってはおけない」

「だって、おとうさんは医者じゃないわ」

「傷口からはいった邪悪《じゃあく》なものは、薬ではどうにもならん。からだだけが回復しても、この娘の魂《たましい》は救われぬ」

「そんなこと……。だって吸血鬼にかまれても、吸血鬼にはならないんじゃないの」

「病原菌を持っている者の場合は、吸血鬼にはならなくとも、脳をやられるおそれがある」

クロロックは痛ましげに涼子の、真っ青な顔を見た。

「私には古い知恵がある。なんとかしてこの娘を救ってみせる」

エリカは父が真剣なのを悟《さと》った。

「わかったわ。ゆくえ不明って騒がれるでしょうから、見つからないようにね」

「心配するな」

「じゃ警察へ電話を……」

「外からかけろ。ここにいる理由を説明できまい」

そう言われればそのとおりだ。かえって疑いをかけられても困る。

「じゃ、ともかく車でもどろう」

と速夫が言った。

「――やられたわね」

外へ出て、寺のほうへもどりながら、エリカが言った。

「いったいだれが……」

考えながら歩いていて、ふと気がつくと、父の姿がなかった。

「――不思議な人だね」

と車に乗り込んで、速夫が言った。

「そうでしょう？　でも、いい人なのよ」

「わかるな。おやじも、あの人をとても尊敬してた」

速夫がエンジンをかけた。

重い気持ちが、そのまま足取りをも重くしていた。

アパートへ帰ると、疲れてエリカはペタンとすわり込んでしまった。こんなことはめったにない。

エリカのアパートは、ごく平凡な、六畳《じょう》とダイニング・キッチンの間取りで、多少、装飾や家具が古風なのを除けば、女性らしい部屋である。

畳《たたみ》に寝転がって、あの光景――無残《むざん》な殺され方をしていた涼子の両親の姿を思い出すと、胸をえぐられるような気がした。

犯人が憎《にく》い。なんとしてでも、この手で……。

――横になっているうちに、ついウトウトしていたらしい。普段はそう眠らないのだから、やはりずいぶん疲れているのだろう。

エリカを起こしたのは、電話の音だった。時計を見ると、朝の四時だ。

「だれかしら、いまごろ」

まちがい電話だったらかみついてやるわ、と思いつつ、受話器を上げる。

「はい、神代《かみしろ》エリカです」

「あ、神代さん？　私、橋口《はしぐち》――みどりの母です」

「あら。どうしたんですか？　こんな時間に……。みどりさんが何か？」

「そ、それが、どうしていいのかわからなくって……」

と相当にオロオロしている。

「どうしたんです？」

「みどりが、いなくなったんです！」

とみどりの母親が叫ぶように言った。

5

「じゃ、みどりが黙って家を出たんですね？」

とエリカがきいた。

「そうなんです。なんの用があったのか知らないけど。――好きな人でもいるのなら、そう言えばいいのに」

グスン、とすすり上げる。

エリカは、みどりの家へ駆けつけてきていた。

「何時ごろでした？」

「さあ……。一時に起きたときには、もういなかったんです」

全く、みどりときたら！――エリカが一時にあのマンションへ行くというので、自分も、と思ったのにちがいない。

しかし、それにしてもいまごろまで何をしているのかしら？

「ねえ、神代《かみしろ》さん、あの子から何か聞いていていません？」

「いいえ、何も」

「恋人ができたとか、駆け落ちするとか……」

「考えてみろよ、おまえ」

とみどりの父が口をはさむ。母親のほうとは、また対照的に、小柄でやせて、ちょっと貧弱な感じである。夫婦は互いに似てくるか、でなければ正反対になるというが、この夫婦の場合は一見して明らかだった。

「駆け落ちってのは、反対されてするもんだ。話もしないうちに駆け落ちするやつがあるか」

「わからないわよ、あの子はあわてん坊のところがあるから」

「大丈夫ですよ、きっともどってきますから」

とエリカは、母親を元気づけた。

「ごめんなさいね、心配をかけちゃって」

「いいえ。親友ですもの、当然ですわ」

「本当にあの子は何をしてるのかしら……」

もしも、一時過ぎに、みどりがあのマンションへ行ったとしても、エリカと速夫《はやお》は出かけてしまっていたわけだ。

それから……何があったのだろう?

「警察へ届けたらどうでしょう」

とエリカは言った。

「もしかして事故にでもあって――」

「それも考えたの。でもね……」

と母親が言い淀《よど》む。父親が代わって、

「もし、みどりが身代金《みのしろきん》目当てに誘拐《ゆうかい》されたんだったら、警察へ知らせるのは危険だって言うんですよ」

と、いささか呆《あき》れている口調《くちょう》。

「うちの経済状態をみたって、こどもを誘拐しようって思われるようなうちか、ってんですよ、ねえ」

「あんたは冷たい人なのよ!」

と母親が食ってかかる。

「私がもし誘拐されたって、身代金をケチって、殺してくれって頼むんでしょう!」

「落ち着いてくださいよ」

とエリカがなだめる。夫婦喧嘩《げんか》をしている場合ではないだろうに、のんきなものである。

「まだ、そうと決まったわけではないんですから」

「ええ……」

エリカはちょっと考えてから、

「ちょっと、心当たりを捜してきますわ、私」

と立ち上がった。

あのマンションへ行ってみよう、と思った。どこかでいままで待っていることはないとしても、何か手掛かりがあるかもしれない。——が、エリカが玄関を出ようとしたとき、電話の鳴るのが聞こえた。

「はい、橋口《はしぐち》です」

と母親が飛びつく。きっとみどりだわ、とエリカはホッとしながら思った。なにしろ、あんな事件のあとである。やはり気が気ではなかったのだ。

「——え？　なんですって？」

母親の口調がおかしい。エリカは急いで駆け寄った。

「ええ。——ちょっと待ってください」

と母親はエリカの顔を見ると、

「あなたと代われって……」

受話器を差し出した。

「私と？　だれです？」

「わからないわ。何も言わないの」

ここにいることが、どうしてわかったのだろうか。エリカは電話に出た。

「はい、神代エリカですが」

「よく聞くのよ」

女の声だが、妙にくぐもって聞こえる。

「あんたの友だちは預かったわよ」

「なんですって？」

「警察なんかへ知らせたら命はないわよ」

どうやら、ハンカチで送話口を包《つつ》んでしゃべっているらしい。

「そっちはだれなの？」

「黙って聞きなさい」

と女の声は続けた。

「友だちの命を助けたかったら、言うとおりにするんだ。いいね」

「どうしろ、っていうの？」

——エリカは、向こうの言葉を聞き終えると、青ざめた顔で受話器をもどした。

「なんですって？　ね、神代さん、いまの人は——」

とみどりの母親がエリカの腕をつかむ。エリカは一瞬迷ってから、

「すみません、いまのは、関係ない電話なんです」

「あら……」

「ちょっと私、失礼します」

とエリカは逃げるようにして玄関へ。——当惑顔《とうわくがお》のみどりの母親の視線から早く遠ざかろうとして、エリカはほとんど走るように、橋口家を離れた。

しばらく、そのままのペースで歩いて、やっと足取りをゆるめた。肩で息をつきながら、ため息がそれに混じる。

「——どうしよう！」

エリカはそう呟《つぶや》いて、頭を振った。——もうすっかり朝になっている。

『吸血鬼、第二の犯行か？』

『残酷な手口——娘はゆくえ不明』

『娘は連れ去られたのか？　血痕《けっこん》が残る部屋』

テレビ、新聞は大騒ぎだった。

無理もない、東京に、あの『吸血鬼』が現れた、というのだから。

学校のあわてぶりも相当なものであった。何しろまた同じ学校の生徒と家族が被害を受けているのだ。これはM女子高に恨《うら》みのある者の犯行にちがいない、などという噂《うわさ》はたちまちでき上がる。

学校側は、朝礼だの校内放送などで、動揺しないように、と呼びかけていたが、実際、こうなってはおもしろがっていられない。

今度はだれが狙《ねら》われるか、といった話題が飛び交う。学校へは、朝のうちだけで、二十人近くの父兄から、こどもを退学させたいと電話があった、という噂も出た。

もう授業どころではなく、教師のほうも、臨時会議、緊急連絡とたて続けで、ほとんど自習ばかり。

だが、その騒ぎの中で、ただひとり、エリカだけが、だれとも口をきかず、黙り込んでいた。

「エリカ、どうしたの?」

と千代子《ちよこ》が寄ってきた。

「ちょっと考えごと」

「きのうの事件……知ってた?」

「ええ」

とエリカはうなずいた。

「警察へ知らせたのは私たちだもの」

「そうだったの！　じゃ、現場を見たのね」

「そうよ。犯人は残念ながら、だったけど」

「どうなるのかしら、この事件？」

「私にもわからないわ」

とエリカは首を振った。

「みどり、きょうはどうしたのかしら？」

と千代子が不思議そうに言った。

「こんな自習ばっかりの日に休んじゃって。きっとあとで悔しがるわ」

「そうね」

「じゃ、あの北川《きたがわ》さんって人と出かけて、なんの収穫《しゅうかく》もなかったの？」

「そう。——死体を見つけただけよ」

「涼子《りょうこ》さん、どうしちゃったのかしらねえ」

まさか父が治療中ですとも言えないし、とエリカは口を閉じた。

父に相談できたら、とエリカは思った。しかし、クロロックは、いま、おそらくあの滝の奥の城（？）へ帰っているのだろう。

学校へ来るより前に、あの墓地や近くの林を捜してみたのだが、結局、見つけることができなかったのである。

父がいないとなると、正にお手上げである。みどりが相手の手中《しゅちゅう》にある。そして向こうのエリカへの要求は、北川速夫を殺せということなのだった。――それも今夜十二時までに。

十二時。それまでになんとかして、みどりを見つけ出すのだ。それしか方法はない。

だが、どこにいるのか、相手がだれなのか、皆目《かいもく》わからないのでは、手の打ちようがない。

あの隠しマイクが唯一《ゆいいつ》の証拠なのだ。しかし、いくらエリカに能力があるといっても、電波を追いかけることはできないのである。

それにしても、あの速夫の命を狙うとは、どんな連中なのか？　そしてなぜ、速夫を殺さねばならないのか？

何もかも、わからない。このままでは十二時までに、みどりか速夫か、どっちかが殺されてしまうことになる……。

「しっかりして！　あんたも吸血鬼の娘でしょ！」

自分を励まそうと、つい口の中で呟いたつもりが、千代子の耳にはいったらしく、

「――何か言った？」

と目をパチクリさせている。

「ううん、なんでもないわ。こっちの話」

とあわてて首を振って、

「千代子、私、帰るわね」

と立ち上がった。

「どうしたの？　早退？」

「うん。気分が悪いの」

「そう見えないけど……」

「本当はもう心臓が止まりそうなのよ」

とオーバーにゼイゼイと喘《あえ》いでみせて、

「それじゃ、あとは頼むわね」

と教室を飛び出していってしまった。

千代子はポカンとした顔でそれを見送って、

「エリカ……少しイカレちゃったのと違うかなあ……」

と首をひねった。


エリカは、まず速夫と連絡を取ろうと、マンションへ電話を入れようとしたが、何しろ隠しマイクの仕掛けてある部屋だ。電話にも盗聴装置がついていないとは限らない。

それではどうやって連絡を取るか？

エリカはしばらく考えて、いたって旧式な方法を採《と》ることに決めた。

マンションの近くまで行くと、エリカは南側、つまり、ベランダのある側に回って、四階の、速夫の部屋のテラスを見上げた。あまりウロウロしていては怪《あや》しまれる。

ちょうどいい位置に、小さな喫茶店があった。エリカは中へはいると、窓ぎわの、陽《ひ》が当たっている席にすわる。ちょっと暑苦しいが、やむを得ない。

そして学生カバン（学生だから一応持っているのである）をあけると、小さな手鏡（女だから一応持っているのである）を取り出した。

ちょうど速夫の部屋のベランダが見える。

エリカは手鏡に、陽光を反射させて、速夫の部屋へと送った。――もちろん下からの光だから、ベランダのへリを限度に、部屋の天井のごく端のほうにしか光は当たらないが、根気よくチラチラと動かしていれば、もし速夫が部屋にいたら気がつくかもしれない。

少しずつ鏡の角度を変えて、エリカは光を送りつづけた。チカッ、チカッ、チカッ……。

いちいち書いているとそれだけで数ページ埋まってしまうので、省略。――十分以上やっていただろうか。いい加減手首がくたびれてきたとき、速夫がベランダに出てくるのが見えた。

「――やっと！」

ホッと息をついて、速夫に光を当てる。すぐに、速夫も気づいたらしい。ベランダから姿を消して、ものの三分としないうちに、通りを渡ってくるのが見えた。

「――やあ、だいぶやってたの？」

「ちょっとね」

「考えたなあ。確かにあの部屋のことは遂一見張《ちくいち》られているようだからね。――学校はどうしたの？」

「それどころじゃないの」

「というと？」

「私、あなたを殺さなきゃいけないの」

速夫が目を丸くした。

エリカが事情を打ち明けると、速夫は真顔《まがお》でうなずいて、

「全く卑劣《ひれつ》なやつらだな！」

と吐《は》き捨てるように言った。

「仲間内の争いなら、素人《しろうと》を巻き込んじゃいけないんだ！」

と座頭市《ざとういち》みたいなことを言い出した。

「仲間内か……。本当に私たちの同族なのかしらね」

「わからないなあ」

速夫はため息をついた。

「しかし、どうして向こうは、こっちの動きをよく知ってるんだろう？　よほど身近にいるのかな？」

「身近に……」

そういえば父も言ってたっけ。ああいう犯人は、普段はいたって善良で、だれからも好かれている人間が多いのだ、と。

「ぼくを殺すつもり？」

と速夫がきいた。

「まさか！」

「でも、その友だちが――」

「なんとかして助け出すわ。なんとかして……」

エリカは唇をかんだ。みどりを死なせるわけにはいかない！

「おとうさんは？」

「わからないの。また洞窟《どうくつ》へ帰っちゃったんじゃないかなあ。肝心《かんじん》のときにいないんだから、全く！」

とグチッて、ふとエリカは、マンションのほうを見上げた。

「――あら」

「どうしたんだい？」

「影が動いたわ。――あなたの部屋よ」

「まさかそんな――」

「本当よ。天井にチラッと映ったわ。だれかいるのかもしれない……」

「留守《るす》の間にはいって……。そうか、そういえば隠しマイクだって取りつけたんだ。当然部屋の鍵は持ってるはずだ」

「行ってみましょう」

「よし、取っ捕まえてやる！」

ふたりは急いで喫茶店を出た。

「待って。ロビーからはいったら、だれかが見張ってるかもしれないわ」

「よし、非常階段で行こう！」

同じ側に、スチールの非常階段が取りつけてある。ふたりはそれを一気に駆け上がった。

だが、非常用の出口があかない。

「内側からしかあかないのよ」

「なんとかあけられないかな」

「待って」

エリカはかばんから、クシを取り出した。むろん身だしなみを整えるべく持って歩いているのである。

「カンヌキがかけてあるだけなら、これで……」

いたって旧式ながら、かえってそれが有効だったらしい。ドアのすきまにクシを差し込んで、上下へゆっくりと動かしていくと、カチャリと音がして、カンヌキがはずれた。

「それも超能力？」

と速夫が感心する。

「いやね。これはちょっとした小細工《こざいく》よ。さあ、早く」

廊下へはいると、ふたりは足音を忍《しの》ばせて、速夫の部屋へと近づいた。ドアへ耳を押し当てると、確かにだれかが動き回っている物音がする。

「よし。一気に飛び込んで……」

「大丈夫？」

「任せとけよ」

と速夫がうなずく。

「行くぞ……。それっ！」

ドアをパッとあけて、ふたりは飛び込んでいった。居間の床にかがみ込んでいた人間が、ハッと顔を上げた。

「あなたは――」

とエリカが唖然《あぜん》とする。

そこにいたのは、向かいの部屋の主婦だったのだ。

「そうか。だからぼくの動きをいちいち見張っていられたんだな」

「それにあのバンガローへ行くことも……。あなたがニンニク包みをこの人に預けたんだから、包みを開いてみれば当然わかったはずだわ」

ふたりは、その主婦の前に立ちはだかった。

「あんたはだれなんだ？」

と速夫はきいた。

女は青ざめて、ふたりを交互ににらみつけていたが、突然、ウオーッと、まるで獣《けもの》のような叫び声を上げてエリカのほうへ突っ込んでいった。エリカが思わずよけると、女はその横をすり抜けて玄関へ。

「待て！」

と速夫が追いかけたが——驚いたことに、女は玄関のほうから、また弾《はじ》き返されるように飛び込んできた。それも文字どおり、空中を飛ぶようにして弧《こ》を描き、居間の床へ落下したのである。

ドスン、と床が音をたてて、女はのびてしまった。

「——おとうさん!」

エリカが大きく息を吐《は》き出して言った。クロロックがドアをふさぐように立っていたのだ。

「おとうさんが投げ返したのか。どうして飛んできたのかと思ったわ」

「全く世話の焼けるやつだな。何をしとる、こんなところで?」

そう言ってクロロックは大あくびをした。

「あ、おとうさん、よくこんな昼間に出てこられたわね」

「だから眠くてたまらん。ここに棺《ひつぎ》は置いてないのか?」

「残念ですけど……」

「気がきかんな。——こう忙しくては身がもたん。何か箱はないか?」

「段《だん》ボールなら……」

「ゴミじゃないぞ。ウーン」

とクロロックは居間を見回していたが、

「やむをえん。ちょっと借りるぞ」

と言うと、つかつかと三人がけのソファーへ歩み寄って、そして座席の下へ手をかけ、エイッとばかりに持ち上げる。

「おとうさん――」

とエリカが言ったときには、もうメリメリと音をたてて、ソファーは懐《こわ》れていた。クロロックは、座席の下がポッカリ空《あ》くと、そこにはいっていたスプリングをどんどんほうり出し、からっぽにして、

「これでよし。あんまり寝心地はよくなさそうだが、我慢《がまん》しよう。おい、エリカ。上から座席をかぶせてくれ」

「おとうさん待ってよ！　話があって――」

「陽が落ちてからだ。眠りが足らなくては戦《いくさ》ができん」

あまり聞いたことのない言葉を呟《つぶや》いて、クロロックはドサッとソファーの中へ倒れ込むと、そのまま眠ってしまった。

「仕方ないわ。悪いけどソファーを……」

元どおりに座席をのせてふたをする。

「昼間起きても大丈夫なの？」

と速夫がきいた。

「伝説と違って、灰になったりはしないわ。ただ北方系だから日光に弱いのは事実ですけどね。ひどい低血圧だから、昼間歩くと疲れるのよ」

「なるほどね……」

速夫が感心したようにうなずく。

「そうだわ！　この女からみどりの居場所をきき出さなきゃ」

「そうか。よし。ぐるぐる巻きにして振り回して――」

「乱暴はだめよ」

とエリカは顔をしかめた。

「あなたもやっぱり血統ね」

「そうかなあ」

と速夫が頭をかく。

「何かこう、脅《おど》かすことがないかしら」

と言ってから、ふっと気づいて、

「そうだわ、いまのうちに――」

「え？」

「この人の家よ。何かあるかもしれないわ」

「そうか。そいつはいいや！」

さっそくふたりは、まだ気絶している女を、カーテンの紐《ひも》で縛《しば》り上げ、猿《さる》ぐつわをかませておいてから、女のポケットから鍵を探し出した。

「行きましょう」

とエリカが歩きかけると、

「ちょっと待って」

と速夫がソファーの隅のテーブルの下へ這《は》いずり込んでいって、何やらゴソゴソやっていると思ったら、例の隠しマイクを手にして現れた。

「どうするの？」

「受信してたのは、こいつの部屋にちがいないからね。受信装置があるはずだ。今度はこっちがこのマイクを仕掛けて盗聴してやるのさ」

「それ、名案ね！」

エリカが声を弾《はず》ませる。――みどりを救い出せるかもしれない、という希望がわき上がってくる。

ふたりは廊下へ出て、向かいの部屋のドアの前に立った。

「だれかいたら？」

「押してみよう」

チャイムを鳴らして、ふたりは覗《のぞ》き窓から見えないように、ドアのわきの壁に身を寄せたが、しばらく待っても、だれも出てくるようすはない。

「よし、はいろう」

速夫が鍵をあけ、そっとドアを開いた。

ごくあたりまえのダイニング、リビング。

「家族は何人?」

「ぼくもよくは知らないけど、亭主とのふたり暮らしだったと思うな。本当の亭主かどうかはわからないがね」

「表向きは客も来るでしょうから、普通の家ね。どこか押し入れにでも……」

奥の押し入れをあけると、そこに、隠しマイクの受信装置があった。

「よし、こいつをいただいていこう」

「マイクは?」

「どこがいいかな」

速夫はちょっと見回して、それから椅子の上に上がって、蛍光灯のかさの上に、マイクをくっつけた。

「どうせ、受信装置がなくなったとわかれば、向こうも気がつくからね。それまでの間だけ聞ければいい」

「じゃ部屋へもどりましょう」

「もう少し調べていこうよ」

ふたりは手早く、タンスの中や戸棚の奥を調べていたが、

「おい、これをごらんよ」

と速夫が言った。開きになった戸棚をあけてみると、その中に――、

「まあ、十字架」

「逆さ十字架だぜ。悪魔教かな」

古びた十字架が、逆さにぶら下げてある。

「変ねえ。――なんのつもりかしら？」

速夫がふと眉《まゆ》を寄せた。

「この十字架……。でも、まさか……」

「え？」

「いや、どこかで見たことがあるような気がするんだ。――でも、まあ古い十字架なんて似たようなもんだからな」

十字架を吸血鬼が恐れるというのも、キリスト教社会が生んだ迷信《めいしん》のひとつである。べつに十字架を恐れなければならないわけは吸血族にはない。要するにキリスト教を権《けん》威《い》づけるために、フィクションの中で、そうされただけなのである。

「じゃ、もどりましょう……」

ふたりは急いでその部屋を出た。速夫が鍵をかける。エリカは初めて表札を見た。

「『時岩《ときいわ》』さんっていうの？」

「そう。変わった名だろ」

「本当にね。きっと変名ね」

「さて、あの奥さんをしめ上げよう」

――女のほうはもう意識を取りもどして、しきりに身もだえしていた。

「やあ、気がついたらしいね。――じゃ、この人の友だちをどこへ連れていったのか、教えたまえ」

女がじっとふたりをにらみながら、首を振った。言うもんか、という感じだった。

「聞き出してやるわよ、なんとしてでも！」

エリカのほうも必死である。

「速夫さん、催眠術をかけられない？」

「無理だよ。あれは、絶対にかかるまいと思ってる人間にはかからないものなんだ」

「そうか……」

「やっぱり多少手荒な方法で――」

「待って」

とエリカは言って、何やら速夫の耳に囁《ささや》いた。

「なるほど、そうかもしれない。よし、すぐ作ってくる」

と速夫は隣の部屋のほうへはいっていった。エリカは、ソファーにそっと腰をおろした。

中に父親が眠っているのだから、あまりドシンドシンとはやれない。

「あなたはいったい何者なの？」

エリカは言った。

「なぜ私たちを狙《ねら》うの？　――わからないわ。同じ血をひく者なら、なぜ助け合わないの？」

もとより女の返事は期待していない。何か言わずにはいられなかったのである。

女のほうはときどき険悪《けんあく》な目を向けるだけで、むろん返事をする気もないようだった。

しばらくして、速夫が出てきた。何やら手を後ろに回して隠し持っているようだ。

「さて、と……。じゃしゃべれるようにしてあげてくれよ」

「いいわ」

エリカが、かみつかれないように用心しながら、女の猿ぐつわをはずした。

女は二、三度大きく息をしたが、相変わらず叫ぼうとも、わめこうともしない。

「さあ、しゃべってくれよ。この人の友だちはどこにいるんだ？」

女は口をつぐんだまま、プイとそっぽを向く。

「よし。じゃ、ひとつこいつを見てもらおうか」

速夫が、ぐいと前へ突き出して見せたものは、板きれで作った即席の十字架だった。

その効果は、エリカたちも仰天《ぎょうてん》するほどのものだった。女は、

「キャーッ！」

とすごい悲鳴を上げ、床の上を必死で逃げ回った。顔は恐怖でこわばっている。

「さあ、言え！」

と速夫が十字架で追う。

「やめて！　やめて！」

女は死に物狂いで床を転げ回る。

「言うんだ！」

「言うから！　――やめて！　それを隠して！」

「よし。――さあ、もういいだろう」

女はゼイゼイと喘《あえ》ぎながら、

「わ、わかったわよ……」

と言った。が――突然、アッと短い声を上げたと思うと、カッと目を開いて、そのまま床にドサッと倒れた。

「どうした！　おい！」

速夫が女のからだを揺さぶったが……。エリカは女の手首をつかんだ。

「死んでるわ」

「どうして……」

速夫は呆然として首を振った。

「口のあたりが匂うわ」

とエリカは鼻を動かして、

「きっと口の中に毒を含んでいたのよ。それをかんで死んだんだわ」

「まるでスパイだな！」

ふたりはしばらくぼんやりと女の死体を見下ろしていた。

「しかし、こんなただの十字架をどうして怖《こわ》がったんだろう」

「吸血鬼は先天的に十字架に弱いって言われてるけど、この人の場合はそうじゃないのよ。きっと悪魔を信仰してるから、十字架は恐ろしいものと思い込んでいるのね。一種の狂信者よ」

「皮肉だなあ。吸血鬼に十字架を見せられて死んじゃうなんて」

「――この死体、どこかへ埋めなきゃ」

「そうだね」

「いいわ、父に運んでいってもらう。力仕事は得意だから」

人使い――いや、吸血鬼使いが荒いのである。

「しかし、これでまた手掛かりがなくなっちゃったなあ」

「ええ……」

そう呟いて、エリカはふと耳をそばだてた。

「ね、廊下に足音がする。もしかして向かいの部屋の――」

「そうだ。マイクを仕掛けてきたんだっけ。受信装置を使おう！」

足音が、ドアの前で止まり、向かいのドアをあける音がした。

「ひとりじゃないわ。ふたりよ」

とエリカが言った。速夫が受信装置のつまみをいじくり回している。

「どうもこういうの弱くてね。……やあ、聞こえたぞ」

小型ラジオみたいな受信装置の小さなスピーカーから、ドアが音を立ててしまるのが聞こえてきた。

「どこへ出かけたんだろう？」

と若い男の声がした。

「ずっといなきゃ困るのに……。さあ、こちらで、おかけになってください」

若い男が、客をソファーへすわらせたらしい音。そして、

「何かお飲みになりますか？」

ときく。

しばらく間があって、

「いや……いらない」

と妙にしわがれたような声がした。

「年寄りのようね」

とエリカはじっと耳を傾《かたむ》けながら言った。

「それにしても妙な声だね……」

そう言いながら、速夫は何やらじっと額《ひたい》にしわを寄せている。若い男の声がした。

「まだだいぶ時間があります。お休みになってはいかがですか」

「そうしよう……」

しわがれ声が答えた。

「私は今夜の準備がありますので、出てきます。どうぞごゆっくり」

「ありがとう……」

――ドアが開く音。そして廊下に、若い男が、ドアをしめて歩いていく足音が響いた。

「――今夜の準備ね。何かあるんだわ」

とエリカは言って、速夫の顔を見た。そして驚いて、目を見張ると、

「どうしたの？　真っ青よ！」

実際、速夫の顔は紙のように白くなっていた。

「大丈夫？　気分でも――」

「いや、なんでもない。大丈夫だよ」

速夫はそう言うと、逃げるように奥の部屋へ行ってしまった。

どうしたのかしら？　――エリカは気になったが、ほかにもしなければならないことがある。

いまの若い男は、『今夜の準備』と言っていた。――それはきっと、みどりと何か関係があるのにちがいない。

おそらく真夜中……。

陽《ひ》が落ちた。

速夫が、コーヒーをいれた。

「さっきはごめん。緊張しすぎたんだと思うよ」

と照れくさそうに言った。

「大丈夫なの？　頼りにしてるわよ」

エリカはコーヒーをすすった。

「夜になるね」

「ええ。――今夜、何かがあるのね。それをつきとめれば」

「きみの友だちも、きっと助け出せるよ」

「ええ。——おとうさんったら、早く起きないかしら」

「まだ陽が落ちたばかりだよ」

「そうね。寝不足で疲れてるだろうし……」

とエリカは言って、自分もあくびをした。

「いやだ、こんなときに」

「疲れてるんだよ、きみも。少し眠ったら？」

「ええ……。でも……」

本当に、急に眠くなってきた。瞼《まぶた》が重くてたまらない。

「時間がきたら起こしてあげるよ。——少し眠るといい」

「でも……みどりを助けに行かなきゃ」

「ちゃんと助かるさ。心配しないで」

——エリカは、そのまま寝入ってしまった。

そして、ふと目が覚めたのは、だれかにからだを揺さぶられたからだった。

「——あ、おとうさん」

あわてて起き上がる。

「よく眠っていたな」

「いま、何時？」

「もうすぐ十二時になる」

「十二時！　大変だわ！」

とエリカははね起きた。

「速夫さんは？」

「知らん。私が起きたときはもういなかったぞ」

エリカは頭を振って、

「ああ、どうしたのかしら、こんなことって……」

「薬だよ。そのコーヒーのなかに睡眠薬が入れてあったにちがいない」

「まさか！　――どうして速夫さんが！」

「私にわかるもんか。ついいましがた起きたばかりだ。いったい何があったんだ？」

エリカが事情を手早く説明すると、クロロックはゆっくりとうなずいた。

「あの若者は、その男の声に聞き覚えがあったのじゃないかな？　だから、おまえをここへ残してひとりで行くつもりで……」

「でも、みどりが捕まってるのよ。なんとかして――」

「静かに！」

クロロックが言った。だれかが向かいの部屋のドアをあけている。エリカは隠しマイクの受信装置に飛びついた。

ドアのしまる音。そして、さっきの若い男らしい声が、

「全く、どこへ行っちゃったのかな……」

と呟いている。

「とんだ忘れ物だよ。――こいつなしじゃ始まらない」

クロロックとエリカは顔を見合わせた。

「うまいぞ。何か忘れ物を取りに来たのだ。こいつについていこう」

「ええ！」

向かいのドアから男があわてた足取りで出てくる。足音が遠ざかるのを待って、ふたりは廊下へ出た。クロロックが向かいのドアの表札を見て、

「――これが名前か？」

「ええ、そうよ。さ、行きましょう」

――男は一階へ下りると、駐車場に止めてあった小型トラックに乗って、夜の町へと走り出した。その空《から》の荷台に、エリカを抱きかかえたクロロックがフワリと下りる。

トラックは、どんどん郊外へ向かって走った。

「どこに行くのかしら？」

「たぶん、私のねぐらと似たような、さびれた墓地ではないかな」

「どうしてわかるの？」

「この種族は大体、ああいう所を好むものだ」

「やっぱり私たちと同じ血筋？」

「死にきれなかった者――不死者《ノスフェラチュ》だろうな」

「そんな人が……」

「あの表札の名に気づかなかったか？」

「名前？『時岩』っていう名前のこと？」

「英語で時計はクロック。岩はロックだ。あれはおそらくクロロックをもじった名前にちがいない」

「じゃ……私たちの親類なの？」

「あの若者が青くなったのはなぜだ？――あれの父親は胸を杭《くい》で貫《つらぬ》かれて死んだと言ったな」

「ええ。おとうさんの弟でしょう？」

「弟か……。あいつは弟ではない」

「ええ？」

エリカは目を見張った。

「いや、血のつながりはあった。しかし、一族の中では異端《いたん》でな。少し異常なところがあったのだ」

「おとうさんだってまともじゃないわ」

「まぜっ返すな」

とクロロックは言った。

「不死というのは不死身《ふじみ》というのではなく、『死にきれない者』という意味なのだ。胸を杭で貫かれ、それでもおそらく死にきれなかった……」

「じゃ、あの向かいの部屋にいたのが、その……」

「おそらくな」

「その人が、人間を襲ったというの？」

「あの女のような信者があるのだ」

「宗教でもないのに？」

「いまの時代は信仰が失われている。だれでもいい、自分は教祖《きょうそ》だと名乗ってみろ。すぐに何人かの信者は集まる」

「で、人を襲って？　――なぜ？」

「これは想像だが」

とクロロックは暗い表情で言った。

「教祖自身も、狂っているのにちがいない。まともな頭なら、人を殺して血を奪うのがわれわれのやり方でないことはわかっているはずだ」

「じゃ、その……死にかけたときに……」

「生死の境をさまよって、一命は取り留めたのだろうが、正気を失ったのだと思う。そして伝説の吸血鬼の姿と、血への渇《かわ》きが、やつを動かしているのだ」

「じゃあ、みどりが殺される！」

「落ち着け。あの若者は、それを食い止めるつもりだったのにちがいない」

「でも間に合うかしら？」

「これを運転している男が言っとったろう。肝心《かんじん》のものを忘れたと。――おそらく大丈夫だ」

「そうだといいけど」

トラックは、寂しい林の間を通って、やがて、ゆるい斜面の裾《すそ》をぐるりと回った。

忘れられたような墓が、斜面に、ポツリポツリと立てられている。

そして――その斜面の高いほうに、数人の人影があった。

「あいつらだな」

とクロロックが言った。

「おまえは隠れていろよ」

「いやよ！」

「お転婆《てんば》め！」

言い合っているうちに、トラックは少し斜面を登った所で止まった。

若い男が急いで車から降り、斜面を駆け上がっていく。

「申しわけありません」

と差し出したのは、あの逆《さか》さ十字架だった。

「よし」

しわがれ声の男は、クロロックと同じような黒い衣《ころも》をまとっていた。その周囲にいるのは、ごくあたりまえの服装をした若い男たちで、女もひとり交じっている。

「あれがS高校の幻《まぼろし》のテニス部だったのね」

「ごく普通に見えるからこそ怖いのだ」

――しわがれた声の男が、逆十字を高く捧《ささ》げ持って、

「よし、始めるぞ。――連れてこい」

と命じた。

男たちが三人、墓の陰へと走ると、何やらかついでもどってくる。

「みどりだわ！」

エリカが息を呑《の》んだ。

「若い娘の血こそが一番だと信じとるのさ」

「なんとかしてよ！」

そのときだった。だれかが茂みから飛び出し、男たちを突き飛ばして、みどりをかかえて斜面を駆け下りはじめた。

「追いかけろ！」

しわがれ声が命じた。男たちが一斉《いっせい》に、駆け出す。

「速夫さんだわ」

エリカがトラックから飛び降りた。

同時に、クロロックの姿が一瞬宙を飛んでエリカの頭上を越え、走ってくる速夫と、追ってくる男たちの間に立ちはだかった。

「どけ！」

と殴りかかってくる男をクロロックは片手でぐいと持ち上げると、近くの墓石へ叩《たた》きつけた。ウッとうめいて、それきり動かなくなる。

他の男たちが足を止めた。

「——何者だ？」

しわがれ声の男が、斜面をゆっくりと下りてくる。

「私を忘れたのか。——クロロック家の血をひきながら人間を無残に殺すとはなにごとだ！」

「あなたは……」

しわがれ声の男が喘《あえ》いだ。

「おまえは山へ帰れ。そしてひとりでひっそりと生きればよい」

とクロロックは静かに言った。

その間に、エリカは、速夫からみどりを受け取って、地面へ寝かせた。

「——大丈夫。気を失っているだけだわ」

速夫はじっと、あのしわがれ声の男のほうを見つめていた。

「あれは……ぼくの父だ！」

とうめくように言った。エリカは言う言葉を知らなかった。

再び争いになっていた。男たちが一斉にクロロックへ飛びかかっていく。

速夫が駆け出した。

「速夫さん！　危ないわ！」

呼び止めようとしたとき、

「ウーン」

とみどりが声を上げて身動きした。目を覚ます！　——この光景を見せてはならない。

エリカはトラックのドアをあけ、みどりを助手席へ押し込むと自《みずか》ら運転席にすわった。

見よう見まねの運転で、なんとかトラックは動きだした。

右へ左へと、酔っ払ったレーシングカーみたいにめちゃくちゃに走って、エリカはブレーキを踏んだ。

「——ああ、どうなったのかしら？」

みどりが頭を振りながら呟く。

「あら。エリカ。——何してるの？」

とポカンとしている。

この分だと何も覚えていないらしい。エリカはホッとした。

「なんでもないのよ。ちょっとドライブしてただけ」

とエリカは言った。

そのとき遠くから、絞《しぼ》り出すような悲鳴が聞こえてきた。エリカはハッとした。あの声は……。

「何かしら、いまの？」

とみどりが首をのばす。

「さあ、鳥が鳴いたんじゃない？」

エリカはそう言って、エンジンをかけた。

「帰りましょう、みどり」

「ここ、どこなの？」

みどりはキョロキョロと見回していた。

「例の犯人たちは、みんな首の骨を折られてたんですってよ」

学校へ行くと、千代子が、朝刊を持ってきていた。

「いったいだれがやったのかしらね」

とみどりがのんきにのぞき込む。

エリカは、口を開く気がしなかった。速夫は行ってしまった。狂った父親につき添って、山へとはいってしまったのだ。

もう会うこともあるまい。——エリカの胸がキュッと痛んだ。

「でも、みどり、あなた、一日どこかへ行ってたんですって？」

「そうなの、どこへ行ったのか、自分でもよくわかんないのよ。あそこのマンションへ行って、ドアをノックしたら、急にフッと眠くなって……。気がついたら、エリカと一緒にトラックに乗ってたってわけ」

「変な話ね」

「四次元の旅じゃないかと思うのよ。瞬間移動とかいうの、あるでしょ」

エリカは思わず苦笑した。——みどりは幸せだ。

自分たちのように、暗い宿命を負った者には、心から笑う日は来ないのかもしれない……。

そういえば、涼子さんはどうしたのだろう、とエリカは思った。

6

バスを、また途中で降りると、この前より、ずっと寒くなっているような気がした。

エリカは、火《ひ》の木《き》村の中を抜け、裏山へはいって、あの滝壺《たきつぼ》の前にやってきた。

レインコートを着込んで、滝の裏側から中へ滑《すべ》り込む。

少し陽《ひ》が落ちるのが早くなっているから、そろそろ目の覚めるころだろう。

レインコートを脱いで、タオルで手足を拭《ふ》いていると、

「どなた？」

と女の声がして、エリカは仰天《ぎょうてん》した。

「——あら、エリカさん」

「涼子《りょうこ》さん！」

エリカは目を見張った。

涼子は、白い、長いドレスを着ていた。いかにも古風なその衣装は、エリカの母が着ていたものだ。

「涼子さん。大丈夫なの、もう？」

「ええ。すっかり。——もう目を覚まされるころですわ」

そう言ったところへ、クロロックが姿を見せた。

「なんだ、おまえか。——よく来たな」

「顔が見たくなってね」

「こっちも、おまえが立ち直っとるかどうか気にしていたぞ」

「大丈夫よ」

エリカは微笑《ほほえ》んだ。

「何か仕度《したく》します」

と涼子が奥へはいっていった。

「——速夫さんはもう帰ってこないんでしょうね」

とエリカは言った。

「さあ、どうかな。——そのうちには」

「慰《なぐさ》めはいいわ」

「われわれはみんなひとりなのだ。——これに堪《た》えていかなくてはならない」

「速夫さんの父親は、どうして速夫さんを殺させようとしたの？」

「教祖というのは神秘的な存在でなければならんからだろう。自分の素姓《すじょう》を知っている者——それが息子でも、生かしておけないと思ったのだろうな」

「悲しい話ね」

「われわれにとっては常に厳しい冬なのだよ。永い永い冬がいつまでも続くのだ」

ふたりは棺《ひつぎ》のある平土間《ひらどま》から、奥の居間へはいった。——エリカは目を見張った。

居間は見違えるように華《はな》やかに、色彩豊かになっていた。テーブルを覆《おお》う花柄のカバー。壁にも、明るい布が貼《は》られ、棚には花が飾られている。

「これ……涼子さんが？」

「う、うん。まあ……な」

クロロックは少しとぼけた顔で、

「あの娘も、両親を亡《な》くして、行く所もないというのでな。少しここへ置いてやろうと思って……」

エリカは驚いた。父が赤くなっている。赤面している吸血鬼なんて初めてだ。

エリカは思わず笑いだした。

「おとうさんったら！」

「お待たせしました」

涼子が盆に、クッキーと紅茶をのせてはいってきた。

「まあ、おいしそう！」

エリカはさっそくクッキーをつまんだ。——まあ、いいんじゃないかしら。おとうさんもずいぶん永いことひとりでいたんだし。

「ねえ、おとうさん」

とエリカは言った。

「さっきは永い永い冬だって言ったけど、この部屋だけは春のようじゃない？」

第二話　幽霊たちの舞踏会

1

「怖《こわ》くない、怖くない。怖くなんかないぞ。ねえ、夜道が怖いなんてガキの言うことだもんね。夜道なんてどうってことないじゃない。暗くて静かだってだけよ。暗い所が怖くて映画館へはいれるか、静かな所が怖くって山へ登れるか、ってんだ。お化《ば》けなんていやしないんだ。いりゃお目にかかりたいわよ、本当に。テレビ局へ引っ張ってって売り込んじゃうから」

強がりをわざわざこうして口に出していなくては歩けないというのは、怖がっている証拠《しょうこ》である。

ちょいと太目で、一見度胸《どきょう》のありそうな橋口《はしぐち》みどりだが、その実、こういう道はてんで弱いのだ。それなら通らなきゃよさそうなものだが、同じ私立M女子高の三年生、大《おお》月千代子《つきちよこ》の家へ、みどり、千代子、それに神代《かみしろ》エリカの仲よし三人組（人によっては「三バカ大将」と呼んだ）が集まって、一緒に、近づきつつある秋の中間試験のための勉強をしていたので、すっかり遅くなってしまったのである。

もっとも、おしゃべり好きな女子高校生が三人集まれば、ともに過ごした時間の八割方は勉強以外の情報交換、間食、お茶の時間などに費《つい》やされたと思わなくてはならない。

それはともかく、帰りが遅くなったのでは、当然親はそれを喜ばない。かくして、気は進まないが、こうして寂《さび》しい近道を急いでいるというわけなのだ。

「遅くなっても、遠回りすりゃよかったかなあ……」

みどりは情《なさ》けない声でつぶやいた。

道は寂しい雑木林《ぞうきばやし》の間を抜けて、途中には荒れ放題の古いお寺があり、お寺があれば当然お墓もあるという、度胸試《だめ》しにはもってこいの道具立てなのである。

ただ、今夜は満月で、冴《さ》え渡った夜空にビスケットのような（みどりが見ると、なんでも食べ物に見える）月が白い光を放っていた。下界は明るくて、街灯なんかもちろんない道だが、いっこうに困ることはなかった。

しかし、怖いときには、この明るささえも怖いもので、

「お化けでなくても、痴漢《ちかん》みたいなのがいたらどうしよう？　この月明かりで、私の美しい顔がはっきり見えて、襲いかかってくるんじゃないかしら」

と、エリカや千代子が聞いたら、腹をかかえて笑いそうなことを言っている。本人にとっては深刻な不安なのであった。

道はやがて寺へさしかかる。崩《くず》れかけた山門《さんもん》、雑草の生《お》い茂った境内《けいだい》。本堂の屋根が半《なか》ば壊《こわ》れかけているのが見える。

この古寺の中を通り抜けていかなくてはならない。外を回りたくても、道がないので

ある。——ここまで来たらもう仕方ない。覚悟を決めて強行突破だ！

いっそのこと、目をつぶって駆け抜けようかと思ったが、道がまっすぐなわけでもないし、目をつぶって走れるほど器用でもないので、諦《あきら》めてみどりは恐る恐る山門をくぐった。

敷き石を踏む自分の靴音が、あたりの静寂《しじま》へ突き刺さるようだ。急いで通り抜けるんだ、急いで！——とは思っても、足のほうが言うことを聞かない。膝《ひざ》がガクガク震えて、ちっとも進まないのである。

「寒いわね、今夜は……」

やっとこ十月になったばかりで、寒いもないものだ。

やっとこ本堂の所までやってきた。そのわきを回って、裏手の墓地へ出る。ここもどうにもひどい荒れようで、背の高い雑草の間から墓石がやっと頭を出しているという状態。

「全く、だれも墓参りに来ないのかしら？　大体現代人は信仰心がないんだから！」

と妙なところで評論家ぶっていると……。

「あっ！」

と短い悲鳴が聞こえて、みどりは完全に二十センチも飛び上がった。

「出た！　……出た！」

ワナワナとからだが震えてその場にしゃがみ込んでしまったが、よく考えてみると、お化けのほうが悲鳴を上げるのではどうにも変だ。

じゃ、いまのは、いったい……。

耳を澄まして——みどりはゴクンと唾《つば》を飲み込んだ。あれはまぎれもなく人間、それも女性の声である。それもケーキを食べているときとか、マラソンをしているときにはああいう声は出ないのであって……要するに男性と愛し合っているときに出る声が聞こえていたのである。

みどりは真っ赤になった。何しろ十八歳の割には翔《と》べない女の子（体重のせいかもしれない？）なので、至って純情なのだ。

よりによってこんな所で、物好きな、と思ったが、人は好き好きだから、べつに文句を言うにも当たるまい。

ともかくお化けではなかったわけだ。さっさと行こう。——と言いながら、今度は好奇心がむっくりと頭をもたげてくる。

「ちょいとのぞいてこうかな」

「はしたない！　何を言うのよ！」

とこっちはみどりの中の良心の声。

「いいじゃないの。だって、もしかしたら、襲われてるのかもしれないわよ」

「襲われてる女性があんな……。ともかくだめ！　早く行っちまうのよ、怖いんじゃなかったの？」

「いいでしょ？　ね、ちょっとだけ」

「それじゃ、ちょっとだけよ」

と良心のほうもかなり甘いのである。

あの茂みのあたりらしい。そろそろと近づいたみどりがそっと顔を突き出すと、いましも草の上に折り重なって熱演中なのは……。

あれっ！　思わず声を上げそうになった。下になっている女性は制服姿で、それも、みどりと同じM女子高の制服なのだ。上になっているのはやはり高校生ぐらいらしい、白ワイシャツにグレーのズボン。もちろんふたりとも顔は見えない。

うちの学生が……。みどりは、びっくりして、立ちすくんでいたが、気づかれないうちに退散しようともどりかけて、足下《あしもと》の石を蹴《け》ってしまった。

ガラガラ、と音がして、抱き合っているふたりがハッと離れる。

しまった！　みどりはそのふたりを見た。ふたりの顔がみどりのほうへ向く。

その顔はふたつとも、真っ白で、目も鼻もなかった。口だけが、ポカッと穴のように開いている。――月光が、のっぺりとしたふたつの、ノッペラボーの顔をはっきりと照らし出した。

「出たあ！」

みどりは叫んだ。そして、そのまま後ろへひっくり返って気絶してしまった。

「それでどうしたの？」

ときいたのは大月千代子。みどりとは対照的に、ひょろ長いからだつきで、顔も面長の部類にはいる。

「気がつくと、もうだれもいなかったの」

とみどりは言った。

「家へ帰ってさんざん怒られちゃった」

「そのノッペラボーの恋人たちの話、したの？」

とエリカがきく。神代エリカ。この小説の主人公である。主人公というのは、なぜかたいてい美人でスマートと決まっていて、ここでもその常識は通用する。ちょっと変わっているのは彼女の血筋で——吸血筋とでも言うか、いわゆる吸血鬼の末裔《まつえい》に当たる。

もちろん、そんなことはほかのだれも知らない。

このふたりの親友も、である。

「そんなこと言えないわよ」

とみどりは渋い顔で、

「言ったってどうせ信じちゃくれないわ。『そんないい加減なこと言って！』って、どやされるのがオチよ」

翌日の昼休みである。

校庭はあまり出歩く者もなくて静かだった。きょうのように晴れた日には、まだ日ざしが強くて、おしゃれないまの女子高生は、

「お肌《はだ》が傷《いた》むわ」

とか言って、教室へ閉じこもっているのである。

三人は、木陰のベンチに腰をおろしていた。エリカはやはり血筋のせいか、あまり強い日ざしは好きでない。べつに灰になっちゃうことはないのだが。

「でも、みどり、それ、あなたの錯覚《さっかく》じゃない？　いくらなんでも信じられないわ」

と千代子は言って、

「ねえ、エリカ？」

「そうねえ……」

「絶対に見たんだから！　本当に目も鼻もないノッペラボーだったのよ！」

とみどりが言い張る。

エリカとしては、吸血鬼の一族という立場上、幽霊なども頭からその存在を否定してかかれないという事情がある。しかし、ノッペラボーというのは……。

「ねえ、みどり、それはお面をかぶってたのとは違うの？　口のところだけ穴のあいたお面とか」

「それは……」

みどりもぐっと詰まった。ともかく自分もあのときはびくびくしていたので、そう細かく観察していられなかったのだ。絶対にお面でないとは言い切れない。

「でも、お面だったとして、どうしてそんなものをかぶってたのかしら？」

と、千代子がもっともな疑問を出した。

「それはわからない。普通そんな所であいびきするのに、お面をつけたりしないでしょうからね」

「それに、女のほうがうちの学生だったって本当なの？」

「千代子ったら何よ！　私のこと、まるで大嘘《うそ》つきみたいに！」

「まあ、落ち着きなさいよ」

とエリカはみどりを抑《おさ》えた。

「私はみどりの言うこと信じるわ」

「エリカ、サンキュー！」

「みどりはそんなに想像力豊かじゃないもの」

エリカはそう言って、

「それに、もしこれがみどりの空想だとしたら、妙なことがあるわ」

と付け加えた。

「なんのこと？」

「つまりね、みどりの空想なら、必ず食べる物が出てくるはずだってこと」

「なあるほどね！」

千代子が大げさにうなずいて、それから吹き出してしまった。

「もう、ふたりで私をばかにして！」

みどりは憤然《ふんぜん》として立ち上がった。

「みどりだって、あんまり威張《いば》れないのよ」

「そうよ。そんな、のぞきなんてやろうとするから、天罰《てんばつ》が下ったのよ」

「私はただ、ちょっと……その……」

みどりも、それを言われると、しどろもどろ。エリカが結論を出そうとでもいうように、

「ともかく、この話は私たち三人の秘密ってことにしときましょうよ」

「それがいいわ。こんな話が広まったら、みどりの妄想《もうそう》とでも思われかねないものね」

みどりも、これには納得せざるを得なかった。

「もう二度とあの道は通らない！」

「今度通ったら、ひとつ目小僧が出てくるかもよ」

と、千代子がからかった。

「さて、教室にもどろうよ」

「うん、でもその前に――」

みどりが言いかけて、ほかのふたりの顔を見る。

「どう？」

「オーケー。じゃ三人で行きましょ」

裏門から脱け出て、たいやきを買ってこようというのである。もちろん昼休みに学校から外へ出るのは禁じられているのだが、まあ裏門からたかだか二、三十メートルの距離であり、昼休みにその店へ走っていく学生の数は十人を下らない。

先生のほうだってわかっちゃいるのだが、特に注意もしないのである。それどころか女の先生の中には、私の分も買ってきて、とこっそり頼む人までいる。

裏門を出た三人は急ぎ足でたいやき屋へ向かった。ごく普通の家の玄関先みたいな、小さな店だが、味が悪くないし、みどりに言わせると、

「しっぽまでアンコが詰まってる！」

のが魅力なのだった。

きょうもみどりが先頭になって、

「おばさん！　三個ちょうだい！」

と元気よく声をかけたが……。

「あれ？　いないのかな？」

「でも——ほら、たいやき、こげちゃってる」

「あ、火を止めなきゃ」

みどりが、ガスの栓《せん》をひねった。

「変ねえ、どこに行っちゃったのかしら？」

と千代子がキョロキョロ見回していると、足下《あしもと》から、

「ウーン」

と呻《うめ》き声。

「倒れてる！　おばさん！」

みどりが中へ飛び込んでいった。

どことなく、みどりの母親と似たところのある、太目のおばさんは、三人に抱き起こされ、揺さぶられ、けとばされ——はしなかったが、やっと目を見開いた。

「あ、気がついた。——おばさん、大丈夫？」

「あら、あなたたちだったの……」

「どうしたの、おばさん？」

と千代子がきいた。

「食べすぎじゃないの？」

とみどり。どうも、なんでも食べる物に結びつけなくては気がすまないのだ。

「食べすぎで気を失う人がある？」

とエリカが苦笑して、

「さ、座って……。お水、持ってきましょうか？」

「いえ……。もう大丈夫。ごめんなさい」

「どうしたの、いったい？」

「それがあなた……びっくり仰天《ぎょうてん》して、もう驚いちゃって……」

あんまり大丈夫でもなさそうだ。

「いつものとおり、生徒さんたちが来るころだと思って、準備をしてたの。それでガスの火を調節するので下へかがみ込んでいたら、『たいやきください』って声がしたの。で、はいはい、って顔を出したら……」

おばさんはそこで身震いした。

「どうしたの？」

「あんた、目の前に立ってるのは、ノッペラボーだったんだよ！」

三人は思わず顔を見合わせた。

「ああ怖かった！　その同じ制服を着てね、顔はのっぺりと真っ白で、目もなきゃ鼻もないのさ。ただ口だけが耳まで裂けて……ニヤニヤ笑ってるじゃないの。あたしゃもうゾーッとして……そのまま目の前が真っ暗になっちまったんだよ」

これはどうもただごとじゃない。エリカも真剣に考えはじめた。

「うちの学校にそんな顔の子がいりゃ評判になるでしょうねえ」

と千代子はのんきなことを言っている。しかしいちばん心配そうなのは、やはりみどりだった。

「おばさん、もう大丈夫？」

ときいて、

「たいやき、焼ける？」

たいやき屋にノッペラボーが出たという話はその日のうちに学校じゅうに広まった。何しろ、あの店へ買いに行く学生に、おばさんがいちいち身ぶり手ぶりでしゃべったのだから、広まらないはずがない。

しかし、大方の意見は、

「だれかのいたずらよ」

ということになった。普段から、手の込んだいたずらをする者が疑いをかけられて、やっきになって違う違うと騒いだり……。下校のころには、もう絶好の話のタネ。

「あんたの顔ならノッペラボーに見えるわよ」

「何言ってんのよ！」

といったやりとりがあちこちで聞かれた。しかし、みんな本気でそんなことがあるなどとは、思ってもいなかったのだ。エリカたち三人のほかは。

だが、その夜……。


「じゃ、バイバイ」

みどりの家へ、ノートを借りに来てつい遅くなったクラスメートの湯川園子《ゆかわそのこ》は、玄関を出ながら、

「近道して帰ろうかな」

と言った。みどりがあわてて、

「だめ！　あの道は通っちゃだめよ！」

「あら、どうして？」

「だって――」

ノッペラボーが出るから、とは言えない。

「危ないわよ。女の子がひとり歩きなんて。遠回りでも、大通りを行きなさいよ、

ね？」

「そうね……。じゃ、そうするわ」

「お宅へ電話しとくから。遅くなっても心配しないで、って」

「平気よ。慣れてるもん。じゃ。ノート、サンキュー」

みどりの家を出て歩きかけた園子だったが、やっぱり遠回りとわかっている道をわざわざ行くのがばからしくなってきた。

「こんなに明るいんだし、大丈夫だわ」

と、くるりと向きを変えて、近道を急いで辿《たど》りはじめた。

墓地が見えてくると、いささか心細くはなったが、ここまで来ればもう道半ば。すぐに駅前へ出るんだわ、と自分に言い聞かせる。

墓地の中を、足を早めて駆け抜けようとして——園子は、ふと足を止めた。

なんの音だろう？——カン、コン、と何やら石を叩《たた》いているような音がしたのだ。

そっとあたりを見回す。背の高い雑草ばかりで、何も見えないのだが、確かにどこか近くで、カン、カンと、石を刻んででもいるような音がする。

さすがに園子も気持ち悪くなった。ちょっと身震いして、あれは空耳だ、聞こえるような気がするだけなんだ、と口の中でつぶやきながら、頭を低くして駆け出した。

カン、カンという音が、追いかけてくるような気がする。

しかし、本堂のわきを回って、山門のところまで来ると、音もずっと遠のいて、園子は少しホッとした。

「でも、何かしら、いったい？」

ともかく早く行こう。そう思って、ふと気づくと、山門にもたれかかって、だれかが立っている。

見れば同じM女子高の制服。顔を伏せているので、髪が垂れてだれなのかわからないが……。

どうしてこんなところに、とも思ったが、それでも同じ学校の学生となれば少し安心して、

「ねえ、あなた、何年生？」

と声をかけた。

山門にもたれていた少女が顔を上げて、園子のほうを向いた。目も鼻もない、のっぺりした白い顔で、口が裂け目のように開いて、ニヤッと笑った。

「あ……あ……」

悲鳴も上げられない。園子はよろけて、尻《しり》もちをついた。——ノッペラボーが近づいてくる。

「来ないで……来ないで……やめてよ……」

ガタガタ震えながらじりじりとあとずさる。

「怖いの?」

ノッペラボーが、薄気味悪い猫《ねこ》なで声を出した。

「この顔が怖い? じゃ、はずしましょう」

そう言うと、両手を頭へ当てて、ヒョイっと——頭ごと取ってしまった。首から上がポッカリなくなって……園子は気を失った。

2

「ああ、あんたか」

顔見知りの運転士だった。

「こんにちは」

「また火《ひ》の木《き》村で降りるのかい?」

「ええ、お願いします。もし無理ならひとつ手前で降りて歩きますけど」

とエリカは言った。

「いや、構わねえよ。田舎《いなか》のバスだ。道の途中でだって乗せるし、降ろしもするさ」

「ありがとう」

エリカが、もうすっかりすり減って色の変わってしまったシートに腰をおろすと、すぐにバスは走り出した。

深い山間《やまあい》の道をしばらく走って、かつては『火の木村』という停留所があった場所で止まる。もちろん、降りるのはエリカひとりだ。

「ここで降りて何してるんだ？」

とリンゴみたいな頰《ほお》の車掌がきいた。

「社会科の勉強なの」

「へえ。東京の学校って変わったことやらせんだねえ」

エリカは、ボストンバッグを手に、バスが走り去るのを見送っていたが、やがて、茂みをかき分けるようにして歩きだした。ますます道なき道になってきて、歩きにくいこと。

「アスファルトで舗装してくれとは言わないけどね……」

とエリカは文句を言った。

やがて、いまは人っ子ひとりいなくなった火の木村へと道は下っていく。荒れ果てて、住む者もない、廃屋《はいおく》が並ぶ、無人の村である。

ここを急いで突っ切ると、裏山へとはいり、ハアハア息を切らしながら、やっと目ざす滝壺《たきつぼ》が見えてくると、額《ひたい》の汗を拭《ぬぐ》った。

「さて、これからまたひと苦労だわ」

細かいしぶきの飛んでくるあたりまで滝に近づくと、ビニールのレインコートを着込んで、岩伝いに滝の裏側へ。

洞窟《どうくつ》は、ひんやりとして、快《こころよ》かった。ここが、エリカの父、フォン・クロロックの住まいである。吸血鬼だというので国を追われ、日本へ逃げてきて、日本の女性を妻にした。そして生まれたのがエリカというわけだ。

もっとも、エリカの母は死んでしまったのだが、いまは――。

「あら、エリカさん」

物音を聞きつけたのか、松山涼子《まつやまりようこ》が顔を出した。前に吸血鬼事件でクロロックに救われ、そのままここに居着《いつ》いてしまった、やはりM女子高の女学生だった少女である。

「こんにちは。おとうさん、いる?」

「ええ。コートを干します。どうぞ」

「ありがとう、おかあさん」

とエリカが言うと、涼子は赤くなって、

「からかっちゃいやだわ、エリカさん」

とてれた。

「あら、だって、あなたはおとうさんの奥さんでしょ。それならおかあさんじゃない」

そう、涼子はいわばクロロックの新妻《にいづま》というわけだった。

「最近はあなたの血を吸わない？」

「ええ」

「だめよ、つい無精《ぶしょう》して外へ行かなくなるから。少し努力して食べ物を手に入れることを覚えさせなきゃ」

「こら、父親のことをなんだ」

とクロロックが笑いながら出てきた。

「あら、起きてたの？」

「そうとも。日の光さえはいらなければ、いたって平気だ。——涼子、エリカにワインでもついでやれ」

「はい」

「またなんの用だ？」

とクロロックは、すっかり居心地のよくなった居間に落ち着くと言った。

「あのね——」

と言いかけて、エリカは鼻をヒクヒク動かした。

「なんの匂い？」

吸血族の血統で、エリカも鼻は人一倍鋭い。フォン・クロロックはエヘンと咳払《せきばら》いを

して、

「オー・デ・コロンだ」

「へえ！」

エリカは目を丸くした。

そう言えば……前はろくに手入れもしていなかった髪もていねいに整髪料をつけてなでつけてあり、服もピシリとして寸分《すんぶん》の隙《すき》もない感じ。

「若い奥さんもらうと、こうも変わるもんかしらね」

「こら、親をからかうな。なんの話だ？」

「うん、ノッペラボーの知り合い、いないかしら？」

「なんだ？」

――エリカは事件の一部始終を話して聞かせた。涼子も一緒に聞いていたが、

「じゃ、学校は大変な騒ぎでしょうね」

「それがねえ……」

みどりと違って、湯川園子《ゆかわそのこ》は、ノッペラボーに会ったことを秘密にしたりはしなかった。すでに学校じゅうで評判になっていたのだから、それに園子が火に油を注いだ結果になった。

翌日、みどりが学校へ行ってみると、もう教室の中は大騒ぎである。

みどりは大体遅刻すれすれに来るので、早く来た園子が話を広める時間は十分にあったわけだ。

「また出たのね」

とエリカが騒ぎをよそに、首を振りながら言った。

「あの道は通るな、って言ってやったのに……」

とみどりは不満顔である。

「なんだか、うちがお化けと関係あるように見られちゃうじゃないの」

「安心なさい。だれもそんなこと言ってやしないから」

と千代子《ちよこ》が慰《なぐさ》める。

「これは何かありそうね」

とエリカは腕組みして考え込んだ。

「何か、って？」

「ノッペラボーなんて、いるわけないんだもの。きっとだれかが人をおどかして喜んでるのよ」

と千代子。エリカがそれを受けて、

「もしそうだとしたら、何か目的があるはずだわ」

「ノッペラボーの目的か」

とみどりが考え込んで、

「目と鼻をかっぱらおうってんじゃない？」

「それじゃ、みどりのは気に入らなかったってわけね」

千代子がからかって言った。

「ねえ、三人できょう帰りに行ってみない？」

「どこへ？」

「決まってるじゃない、そのお寺によ」

「明るいうちに行っても出ないんじゃなくって？」

「園子の聞いた、カンコンって音が気になるのよ。何か手がかりが残ってるかもしれないわ」

と言ってから、エリカはみどりと千代子の顔を見て、

「それとも夜中に行ってみる？」

ふたりとも突如《とつじょ》として遠慮深くなって、辞退した。これがケーキかババロアなら、辞退するはずはないのだが。

さて、帰り道、三人は例の近道をのんびりおしゃべりしながら歩いていったのだが、

「あら、どうしたのかしら？」

と千代子が声を上げたのは、その寺の山門のあたりに車が何台も駐車していて、人が忙しく動き回っていたからだった。

「あの大きな車、テレビ局の中継車じゃないの」

「何かあったのかもしれないわ。人が殺されたとか――」

とエリカは緊張《きんちょう》する。

「ノッペラボーが人質を取って立てこもってるのかもしれないわ」

「みどりったら、何を考えてるの？」

「今度はキング・コングでも出るんじゃないかしら」

「ともかく行ってみましょう」

エリカが先頭になって、寺のほうへと近づいていく。『××TV』と書かれた大きな中継車のところまで来ると、局の人間らしいのが、

「いま、中継中だからはいらないで」

と三人を止める。

「何かあったんですか？」

とエリカがきいた。

「ここにノッペラボーが出たっていうんでね、目撃者の女学生に出てもらって事件を再現してるのさ」

と言ってから三人の制服に気づき、

「あれ？　きみたち同じ高校の子？」

「M女子高ですけど……」

「こいつはいいや！　はいって！」

何が何やらよくわからないが、ともかく三人はそのテレビ局の男について寺の境内《けいだい》へはいっていった。

「――あら！　園子じゃないの」

とみどりが目を丸くする。

湯川園子が何やらテレビカメラの前に立って、レポーターらしい女性にマイクを向けられている。

「呆《あき》れた！」

三人は顔を見合わせた。

「まるでタレント気取りね」

と千代子が苦笑しながら言った。

どうやら、まだ本番ではないらしい。

「はい、この位置、印《しるし》つけといて」

と声が飛ぶ。――園子が何やらテレビ局の男と話していたと思うと、三人のほうへ走ってきた。

「わあ、見に来てくれたの！」

「冗談じゃない。調べに来たのよ。これ、なんの騒ぎ？」

　とみどりがきく。

「だれかがね、テレビの『三時のかなた』へ電話したらしいの。そしたらさっそく現場中継しようってことになって……」

「そんなこと言って、園子、自分で電話したんでしょ」

「違うわよう。私、そんな目立ちたがりじゃないもんね」

「どうだか」

「でもさ、あんな怖い思いしたんだもの、ちっとはいい気分にさせてもらってもいいじゃない？」

「ノッペラボーがびっくりして目回すわよ、きっと」

「それでねえ、困ってるの。ちょっと手伝ってくれない？」

「手伝う？」

「そう。テレビ局のほうでね、私の話をもとにして、事件再現をやろうってのよ。それで、例のノッペラボーのお面を作ったんだけど、それを付けて出てくれる人がいなくてね。私と同じ制服でないと『再現』にならないし。それで——」

「ちょっと待ってよ。それをまさか私にやれっていうんじゃないわよね。そんなこと言ったらぶっ飛ばすわよ」

園子があわてて首をすぼめて、

「私じゃなくて、テレビ局の人が言ったのよ」

「連れてきなさいよ。けっとばしてぶん殴って……」

と目を三角にしている。

「みどり、やってあげなさいよ」

とエリカが言った。

「エリカったら、人のことだと思って……」

「そうじゃないの。その代わり、本当に忠実に事件を再現してほしいのよ。きっと何か手がかりがつかめるわ。――みどり、いいじゃないの」

みどりはプーッとむくれながら、

「手当は出るんでしょうね!」

と園子をにらんだ。

園子は、エリカたちを連れて墓地のほうへはいっていった。

「どの辺から、カンコンって音がしたの?」

「あっちこっちなのよ。ええと……最初は確か右のほうね。それから左……」

「どのあたりだったかわかる？」

「さあ……。何しろ静まり返ってるところへ急にカーンときたでしょ。えらく近くに聞こえたけど……」

「あなた、この辺に立ってて」

エリカは雑草をかき分けながら、墓の間へはいっていって姿が見えなくなった。

しばらくザワザワと草の奥で動く音がしていたが――突然、カーン、カーンという甲《かん》高《だか》い音が聞こえてきた。

「それだわ！　その音よ！」

と園子が叫ぶ。

エリカがゆっくりと出てきた。

「これね、音の正体は」

それはありふれた金《かな》づちとノミだった。

「これで墓石を刻んでいたのよ。真新しい彫《ほ》り跡《あと》があったわ」

「いったいなんのために……」

「わからないわ。ともかく、これを置いていってしまったのも不思議ね」

エリカは考え込みながら言った。

テレビ局の男は大喜びで、その音響効果を番組に加えることにした。――間もなく本番というので、大勢の人間が急に目まぐるしくかけ回りはじめる。

「なかなか大変なのねえ」

エリカと千代子が少し離れたところで立って眺《なが》めていると、だれかがポンとふたりの肩を後ろから叩《たた》いた。

ふり向くと、ノッペラボーがニヤニヤ笑って立っていた。

「——どう？　似合う？」

フェンシングの面みたいなものに紙を貼《は》り、髪の毛をつけて、すっぽり頭へかぶるようになっているのだ。

「お似合いよ、みどり」

「本当ね」

と千代子がうなずいて、

「顔の見えないところが最高にいかしてるわ」

「でも、それじゃ頭ごとスポッとはずして、首から上がなくなるってわけにはいかないわね」

「それは無理だから、カメラをすばやく切り換えて、巧《うま》くやるそうよ。ノッペラボーの面の下から現れたのは、絶世の美女、なんていいと思うけどな」

エリカと千代子は咳払《せきばら》いしてあさってのほうを見た。

さて本番。──女性のレポーターが、事件をうんとオーバーに解説したあとで、園子を紹介し、園子も少々あがり気味ながら、なかなか堂々としゃべっている。

では、事件の再現、となる。──園子がいったん、墓地を抜けて外へ出てから、また急ぎ足ではいってきた。カメラがそれを正面から捉《とら》える。

途中まで来たところで、右からカーン、と例の音。ギョッとして立ち止まるあたり、園子も、なかなかの名演技。

そしていよいよ山門の場。みどりの出番である。

「──いやだって言ったわりには熱心じゃない？」

と千代子が囁《ささや》く。

「乗せられやすいのよ」

──みどりも期待（？）に違《たが》わぬ熱演で、園子がキャッと腰を抜かすと、ジリジリ近寄って、

「この顔が怖い？　じゃ、取ってあげましょうか？」

とお化けめいた声を出して、かぶったノッペラボーの頭へ手をかける。ここですばやくカメラが切り替わったのは幸いだった。足下がよく見えないせいで、石につまずいたみどり、みごとにすっ転んだのである。

「──ああ痛い」

「ご苦労さん。巧《うま》いもんじゃないの」

とエリカが笑いながら言った。

「やるんじゃなかったわ、もう！」

と、みどりはすりむいた膝《ひざ》へつばをつけてブツブツ言っていたが、テレビ局の男が、

「やあ、どうもありがとう。これ、車代だけど――」

と封筒をくれて、中が一万円札とわかると急にニコニコして、

「どう？　ほかのワイドショーにも売り込もうか？」

正《まさ》に現金なのである。

「これでアンミツとチョコレートパフェとアンマンと……」

とせっせとみどりが計算していると、

「こんなところにあったのか！」

と男の声。見れば、いささか薄汚れたTシャツにジーパンという三十歳ぐらいの男で、
放送を終えてあとかたづけをしていたテレビ局の男が手にしていた、金づちとノミを、

「それ、うちの品なんですよ。勝手に持ってっちゃ困るな！」

と引ったくった。

「あそこにあったのを使ったんですよ」

「ええ？　だって、きのう、うちの現場から盗まれたんだ。じゃ、盗んだやつが捨てて

ったんだな。もらっていきますよ」

エリカは、その男をまじまじと見つめた。大工とか石工《いしく》という感じではない。なんだか汚れてはいるが、知的な職業に携《たずさ》わる人間、と思えた。からだの作りがきゃしゃなのである。

「あの、失礼します」

とエリカはその男に声をかけた……。


「そいつは何者だったんだ？」

とフォン・クロロックはきいた。

「ノッペラボーの親類のひとつ目小僧か？」

「ちゃんと目はふたつあったわよ。話を聞いてみるとね、その近くで土器の発掘《はっくつ》をしてる、歴史学者だそうなの」

「歴史学者？　フン、学者などというやつはみんな嘘《うそ》つきぞろいだ」

吸血鬼に関するいいかげんな学説のおかげで故郷を追い出されただけに、クロロックはあまり学問というものを信じていない。

「でもねえ、その人、なかなかいい人だったわよ」

とエリカは言った。

「親しくなったのか？」

「それほどじゃないけど……。でも、おもしろい話を聞いたの」

「ほう？」

「あの辺にね、なんだか財宝らしき物が埋《う》めてあるって伝説が残ってるんですって」

とエリカは言った。

3

エリカがその歴史学の研究をしているという青年から——もっとも三十歳はみどりなどに言わせると「初老」だそうだが——財宝の話というのを耳にしたのは、こんな次第であった。

「その金づちとノミは、あなたのなんですか？」

エリカがきくと、その男は、

「ぼくのってわけじゃないけど、発掘に使ってたやつなんだ」

「発掘？」

「そう。K大学の歴史学科のグループで、この近くを掘ってるのさ」

「この辺に遺跡《いせき》なんてあるんですか」

とエリカは驚いて言った。みどりもいぶかしげに、

「そんな話、初耳だ」

「そりゃ、ピラミッドや前方後円墳《ぜんぽうこうえんふん》がこの辺にあるってわけじゃないよ」

とその男は笑った。なりはパッとしないが、笑うと、意外にかわいい顔だ。

「しかし、この辺は古い貝塚《かいづか》がときどき見つかるんでね。石器や土器のかけらが一緒に出てくることがあるんだよ」

「へえ、そんな昔から人が住んでたんですか」

とみどりが感心したように言って、

「じゃ、ちっとも新興住宅地じゃないや」

と、変な文句をつけている。

「きみたち高校生かい？」

「ええ」

「よかったらぼくらのキャンプへおいで」

「いいんですか？」

「何もないけど、インスタントコーヒーぐらいなら飲ませてあげるよ」

というわけで、エリカ、みどり、千代子《ちよこ》の三人は、この男についていくことになった。

一見、ぶっきらぼうに見えたこの青年も、話してみるとなかなかおもしろい。あれや

これやと歴史のことを教えてくれるのだが、ハイハイと聞きながら、エリカの思いはあらぬほうへと行っていた。

青年は、山下明夫《やましたあきお》と名乗った。

「しかし、あのお寺で何をやってたんだい？　ずいぶん人がいたね」

「あれ、知らないんですか？」

「何を？」

学者などというのは、往々《おうおう》にして、世間の出来事などに、いたって関心がないものなのである。

エリカがノッペラボー事件のことを説明すると、

「ふーん。そりゃまた変わった話だねえ」

と一応うなずいてみせたものの、すぐに、

「あ、その松の木の下がね、古い街道の跡なんだよ」

と、やっぱり歴史のことしか頭にないのである。

ちょいと裏山へはいった、という感じの雑木林《ぞうきばやし》の奥に、登山用のテントがふたつ並んでいて、その近くで、せっせと穴掘りに励《はげ》んでいるのは、大学生たちらしい。全部で七、八人はいるだろうか。

「ぼくの教えてる学生たちでね」

と山下明夫が言った。

「おい、ひと休みしよう！　お客さんだぞ！」

ワイワイガヤガヤと、深さ一メートル、直径四、五メートルもある穴から、学生たちが出てくる。みんな泥《どろ》だらけだ。中には女性もふたり交じっている。

「穴掘り手伝ってくれんの？」

と学生にからかわれ、みどりがあわてて、

「いえ、私、穴に落ちるのは得意なんですけど、掘るのはどうも……」

と逃げた。

「さあ、ちょいと泥を落とせよ。コーヒータイムだ」

「私たちが作りますわ。どこなんですか？」

とエリカが言った。

「いや、そんなことさせちゃ……。そう？　悪いね。そのテントに道具があるから」

正直なところ、あの泥だらけの手でコーヒーをいれてくれても、ちょっと飲む気になれないので、自分でやろうと思い立ったのである。紅茶ならともかく、コーヒーじゃ、泥がはいってたってわからない！

千代子とみどりに手伝わせて、人数分のコーヒーを紙コップに入れると、近所の家で水道を借りて手を洗ってきた学生たちがもどってくる。

コーヒーを飲みながら、例のノッペラボー事件のことを、今度はみどりが身振りよろしく熱演すると、さすがに学生たちのほうはおもしろがって聞いていた。

そのとき、ふとひとりが、

「そのノッペラボー、例の財宝を捜しに出てきたんじゃないかな」

と言い出したのだ。

「財宝ってなんですか？」

「うん、単なる言い伝えなんだがね、昔この辺に住んでいた豪族《ごうぞく》が、他の豪族と争って滅ぼされたとき、その財宝をこの近くへ埋めたって伝説があるのさ」

「へえ！　財宝っていうと──」

「まあ、金銀の飾り物や、彫像といった類《たぐい》だろうね」

「金銀！」

みどりが目を輝《かがや》かせて、

「家の庭に埋まってないかなあ」

と欲張ったことを言い出した。

「そのお話、確かなんですか？」

とエリカがきいた。山下は笑って、

「この手の話はまず九十九パーセントでたらめだと思ったほうがいいね。残る一パーセントの可能性にかけるのが、人間の夢ってものさ」

と言った。――エリカは何ごとか考え込んだ。

「うん、おまえの考えたことは、よくわかるぞ」

エリカの話を聞いていたフォン・クロロックが言った。

「本当？」

「あたりまえだ。こう見えても、私はおまえの父親だぞ」

「そりゃわかってるけど」

「おまえはその財宝を掘り出して、優しい父親に新しい城を造ってやろうと思ったんだ。そうだろう？」

「シラケるなあ、全く」

エリカは父親をにらんで、

「もし見つけたら老人ホームでも建ててあげるわよ。――そうじゃないの。例のノッペラボーと、その財宝が、何か関係があるんじゃないかって思ったのよ」

「なんだ、そうか」

クロロックが、がっかりしたように言うと、涼子がクスクス笑って、

「いつも言ってるじゃないの。おまえさえいれば、どんな洞窟《どうくつ》でも宮殿と同じだ、っ

て」

「こら、エリカの前でばらすな」

クロロックは暑そうに汗を拭《ぬぐ》った。

「で、ちょっと考えてみたの。もしかしたら、あの古寺に財宝が、ってね」

「それは当然だれでも考えるだろうな」

「でもね……。どうもピンとこないのよ」

とエリカは首を振った。

「ふむ。つまりこう言いたいんじゃないのか？　そこに財宝があるのをだれかが知ったとする。そいつはどうするか？　当然掘り出したいだろう。そこでノッペラボーのふりをして人を驚かせ、みんなが近づかないようにした……」

「最初はそう思ったのよ。でも――」

「それはおかしい。だれもが迷信深かった昔と違って、この現代にそんなことをやってみろ。逆に大勢の注目を浴びるに決まっとる。現にそうしてテレビの生中継までやられとるじゃないか」

「そうなの。それに、こっそり掘り出そうと思えば、何もあんなことしなくたって、夜中はほとんど人通りのないところだもの。掘り出せると思うのよね」

「道理だな」

「それでちょっとわかんなくなっちゃって、休みを幸い相談に来たのよ」

とエリカは言った。

「相談料は高いぞ」

「何よ、ケチ。何も思いつかないんでしょう」

「何を言うか！　――いいか、ことは簡単だ」

「へえ。どういうふうに？」

「ノッペラボーなどいるわけはない」

「そりゃそう思うわ」

「だから、そんなものは無視してかかるのだ。結果だけを考えろ。その騒ぎで、だれかが得をしているはずだ。それを捜すんだ」

　エリカはしばらく黙っていたが、やがてゆっくりうなずいた。

「ふーん。亀《かめ》の甲《こう》より年の功《こう》ね。言われてみればそのとおりだ」

「わかったか。ノッペラボーだの、物音だのは、いわばカムフラージュだ。いや、財宝の話そのものも、それを利用しただけかもしれん。どうせ、その宝の山の伝説も、たちまち話が広まっとるんだろう」

「みどりや千代子に黙ってろったって無理よ」

　とエリカは微笑《ほほえ》んだ。

「おまえも、また物好きにその騒ぎに首を突っ込んどるわけだな？」

「だれかさんに似たのよ、お節介《せっかい》なところはね」

とエリカはやり返した。

「まあ、そんな事件なら危険なことはないと思うが、十分に気をつけろよ」

クロロックは、苦笑しながら言った。

「ひとつお願いがあるのよね」

「なんだ？」

「相談のあるたびにここまで来るんじゃ大変だから、電話でも引いてくれない？」


「あーあ、もう十二時よ。寝ない？」

とみどりが大欠伸《あくび》をして言った。

「何言ってんの。テストの範囲のまだ半分しかやってないのよ」

と千代子がみどりをにらむ。

「だって眠いのよ」

「おしゃべりしてりゃ夜明かしだって平気なくせに」

「なぜか勉強してると眠くなるのよね」

（なぜか原稿書いてると眠くなるのよね。――作者）

「じゃ、ひと休みして、紅茶でも飲む？」

「賛成！　コーヒーゼリーが冷蔵庫にはいってんの」

「急に目がさめたみたいね」

　と千代子が笑った。

　ここはみどりの家である。近づいた試験に備《そな》えて、千代子が泊まり込みで勉強に来ているのだ。正確には、千代子がみどりに教えているのである。

「みんな寝てるから、静かにね」

　と言いながら、みどりは廊下へ出て、とたんにスルリと足を滑《すべ》らせ、ズシンとひっくり返った。

「痛い！　イテテ……」

「静かに！　そんなに大声出して」

「まったく、うちのおふくろときたら、変なときに廊下《ろうか》を磨いたりするんだもの……」

「階段から落ちないでよ」

　ふたりは一階へ下りていった。千代子があとから下りてくる。みどりが上から落ちてきたら大変だからだ。

「台所、台所……」

　みどりが、小さな豆電球のついた暗い廊下を進んでいく。食べる物のためとあらば、暗くても平気である。

台所の明かりをつけると、さっそく千代子はお湯を沸《わ》かして、みどりのほうは冷蔵庫からコーヒーゼリーを出してくる。鼻歌など歌って、いい気なものである。

「ここで食べちゃう？」

「そうね。紅茶のカップ持って上がり下りするの、大変だから、ここで——」

「助けて……」

ふたりは顔を見合わせた。

「みどり、変な声出さないでよ」

「千代子こそ、人を怖《こわ》がらそうなんて——」

「助けて……」

ふたりは目をパチクリさせた。

「みどりじゃないの？」

「千代子でも……ない？」

「それじゃ……」

ふたりはそっと頭をめぐらせた。

勝手口のわきに窓がある。そこから何やら白いものがのぞいていた。

白い——顔だ。ノッペラボーの顔だった。

「出た！」

みどりと千代子は同時に叫ぶと、ギュッと抱き合って、ワナワナと震えながら、そのまま、その場へペタンと座り込んでしまった。

「助けて……」

ガラスを通して、妙に弱々しい声がしたと思うと、ふっと、ノッペラボーの顔は消えてしまった。

「ど、どうしたのかしら？」

と、みどりが、歯をガチガチ鳴らしながら言った。

「知らない……わよ……」

「調べて……みる？」

「みどり、どうぞ。私、ここで祈ってる」

「やだ、ずるいよ！」

ふたりは相変わらず床の上で座って、抱き合ったままだった。だれかに見つかれば、妙な関係とも誤解されかねない光景であった。

そのとき、玄関のチャイムがポロンポロンと鳴った。

「キャッ！」

ふたりは悲鳴を上げた。

「来たわ、ど、ど、どうしよう？」

「あんたの家でしょ。みどり出なさいよ」

「やだよ！　ノッペラボーなんか招待してないもの！」

「出なきゃ帰っちゃうんじゃない？」

「でも……コーヒーゼリーを狙ってるかもしれないわ」

またチャイムが鳴って、

「今晩は。――エリカです」

と声がした。みどりと千代子はからだじゅうで息をついた。

「こんな夜中に人騒がせねえ！」

と、エリカを入れて、みどりが文句を言った。

「ごめんごめん。ついさっき旅行から帰ったもんだから」

エリカたち吸血族にとっては、夜中のほうが活力がみなぎってくるのは、体質的なものなのである。

「どうしたの？　そんな青い顔して」

「出たのよ、いま」

「出たって？　何が？」

「ノッペラボーよ！」

話を聞いて、エリカはすぐさま勝手口から外へ出た。

窓の下に、だれかが倒れている。かがみ込んでみると、女で、ノッペラボーの面を、スッポリかぶっているのだった。抱き起こそうとして、ハッと手を引っ込める。血の匂《にお》いが鼻についた。

そっと手首の脈をみる。――完全に止まっていた。

「みどり、懐中電灯！　――そう。照らしてみて、死んでるのよ」

エリカは、面をはずした。――若い女だ。見たことがある、と思った。

「この人は――あの発掘隊の中にいた大学生だわ」

とエリカは言った。

「背中に傷がある。どうやら刺し傷ね。これは一一〇番する必要があるわよ」

「すぐかけるわ！」

みどりが、ふっ飛んでいく。また暗くなった戸外《こがい》に、エリカは立っていたが、ふと、何かの物音を耳にした。――並の人間より、ずっと聴覚《ちょうかく》も鋭いのだ。

足音が、立ち去っていく。エリカは、台所のほうへチラリと目をやって、千代子も奥へ引っ込んでしまったのを見ると、足音のしたほうへと駆け出した。

しかし、追跡は中断せざるを得なかった。

広い通りへ出たところで、逃げていた相手は、待っていた乗用車へ乗り込んで走り去ったからだ。だが、エリカはその車のナンバーをじっと目で追って、頭へと叩《たた》き込んだ。

それから、みどりの家へもどっていった。

「――どこに行ってたの？」

みどりが不安そうに勝手口で待っている。

「ちょっとね。怪《あや》しい足音が聞こえたから。――千代子は？」

「うちのおやじとおふくろを叩き起こしてるわ」

「そう。――とうとう人殺しが起きちゃったわね」

「あの大学生と、ノッペラボーとどういうつながりがあったのかしら？」

「それは警察の調べることよ」

エリカはそう言ったが、むろん、自分もここで手を引く気はない。乗りかかった船だ。

あの車のナンバーから、何かわかるだろう。

みどりの両親が寝巻き姿でやってきた。

「どうしてまた、うちの前で死んじゃったの？」

と母親がブツブツ言っている。

「そんなこと言ったって仕方ないじゃないか、おまえ」

「何言ってんの。大体あんたがだらしないからこういうことになるのよ」

母親のほうは八つ当たりである。

「やれやれ、勉強どころじゃなくなったわね」

と千代子がため息をつく。

「テスト、どうしよう？」

「もうひとつ問題があるわよ」

とみどりが言った。

「何？」

「コーヒーゼリーがふたつしかないの。三人でどうやって食べる？」

4

翌日、エリカは学校の許可を得て、警視庁へと出向いた。

昨晩の事件について、あれこれきかれることになっているのである。

担当の刑事は、まだえらく若い――二十七、八の、なんとなく頼りない感じの男だった。小部屋へ案内され、机を挟《はさ》んで向かい合うと、

「ぼくは担当の牧《まき》刑事だ」

とぶっきらぼうな調子で言った。

「はあ」

「じゃ、始めようか。——ええと……猫のしっぽを踏んづけて……全治一週間、傷害罪に問われてるんだね」

「は？」

「しまった！　まちがえた」

となんともひどい刑事である。

「——すると、被害者とは、その発掘キャンプで会っているんですね？」

言葉づかいも変わってくる。

「はい。——あの、牧刑事、さん」

「なんです？　トイレならこの廊下《ろうか》の右ですよ」

「違います。すみません、お願いがあるんですけど」

「はあ、なんなりと」

「ちょっと私の目を見ていただけます？」

「目を？」

「そうです。じーっと見ててください」

「じーっと……」

エリカは父ほど催眠術に長《た》けていないのだが、この手のボンヤリにはかかるかもしれない、と思ったのである。

案の定、牧刑事の上体が一瞬、めまいでもしたように揺れた。

かかった！　私の力もまんざらじゃないわ。

エリカはメモ用紙に、きのう見た車のナンバーを書くと、

「この車の持ち主を調べてきなさい」

と、牧刑事へ渡した。牧が、スッと立ち上がって出ていく。

十分ほどすると、牧はもどってきた。

「ご苦労さま」

エリカはメモを受け取り、牧が席にもどるのを待って、

「はい、目をさまして」

と、牧の目の前で、パチンと指を鳴らした。

「……ん？　……どうしたんだろう？　……何か変だな」

「刑事さん、大丈夫ですか？　なんだかお顔の色が……」

「いや、どうも、急にこう――フワッとした気分になって」

と首をひねっている。

「働き過ぎじゃありません？　少しお休みになったほうが……」

「そうですね。じゃ、ありがとう。あなたは優しい娘さんだ」

ヌーボーとして、だらけた感じの牧刑事、言われたとおりに立ち上がると、

「じゃ、続きはあすということに……」

「はい。失礼します」

「どうもご苦労さま」

「おからだをお大事に」

とはいい気なものである。

警視庁を出ると、エリカは車の持ち主の家へ行ってみようと思った。どうせ公用で学校を出てきたのだ。早く帰っちゃもったいない。ついでに何か甘い物でも食べに行こうか。みどりほどではないにしても、エリカとて甘い物はきらいでない。ただ虫歯になると、ちょっと困るが……。


「ここが……」

いささかエリカは驚いた。すごい邸宅《ていたく》である。まあ宮殿のごとく、と言ってはオーバーだろうが、高い塀に囲まれた、りっぱな家だ。

名は『中里清吉《なかざとせいきち》』とある。

とりあえず、エリカは、道の向かいにある喫茶店へはいって、コーヒーを飲みながら、

「りっぱなお屋敷ですねえ」

と店のウエートレスへ話しかけた。

「そこ？　ええ、大したもんね」

「何やってる人なんですか、住んでるのは？」

「不動産よ、土地ってのはもうかるからね」

「土地、ね……」

「金持ちはますますもうかって、貧乏人はいつまでも貧乏するようにできてんのよ」

と、ウエートレスは、ひどく哲学的なことを言い出した。

不動産屋か。その車が、なぜ殺人現場から走り去ったのか。

エリカはしばらく考え込んでいた。――土地。あの古寺は、だれの土地になっているのだろう？　あの騒ぎで得《とく》する者……。

この中里という男、きっとかなりのワルにちがいないわ、とエリカは思った。

「ほら、出てきたわ」

と、ウエートレスが言う。

見ると、門が開いて、昨晩見た、あの車が走り出てくる。エリカは思い立って、急いで代金を払うと店を出た。

ちょうどタクシーが来る。

「――あの車を追いかけてちょうだい」

と乗り込んで言った。

「何かあったのかい？」

運転手がおもしろそうにきく。

「映画スターが乗ってるのよ」

とエリカは言った。


中里の車は、思いがけないところで止まった。――エリカの通うM女子高の裏門近く。あの、ノッペラボーを見てひっくり返ったおばさんの、たいやき屋の前で止まったのである。

見ていると、店から、あのおばさんが出てきた。和服姿で、花をかかえて、そのまま、中里の車へ乗り込んでいった。

これはどうなっちゃってるの？　――ともかく、尾行《びこう》を続行するほかはない。

そして中里の車は、あの古寺へ着いたのである。車から降りてきたのは、おばさんと、恰幅《かっぷく》のいい紳士。たぶん中里だろう。

ふたりは、古寺の中へはいっていく。

エリカもタクシーを降りると、そっとようすをうかがった。山門の前には、中里の車が止まっていて、運転手がぶらついているので、通れない。

やむなく、エリカは塀を乗り越えることにした。見たところ、そんなスポーティーなからだつきではないのだが、大体吸血族は、体力も人間以上で、その血を半分受けついだエリカも、多少は無理がきくのである。

エイッと飛び上がって、塀の上の瓦《かわら》に取りつき、ヨイショと這《は》い上がる。――おばさんと中里らしい男が、本堂のわきを抜けて、墓地のほうへと歩いていくのが見えた。エリカは塀の内側へと飛び下りた。

草をかき分けていくと、おばさんが、草むした墓のひとつの前にしゃがんで、熱心に手を合わせている。中里は少し離れて、それを見ていた。

エリカは草の陰に身を潜《ひそ》めた。

おばさんが立ち上がる。

「済んだかね」

と中里が近づいてきた。

「はい。どうもありがとうございました。主人も浮かばれるでしょう」

と頭を下げる。――おばさんの亡《な》くなったご主人の墓がここに！　そういえば、あそこで、ご主人の顔って見たことなかった。ご主人がいるかどうか、気にもしなかったのだ。

しかし、それが中里と、ノッペラボーとどうかかわってくるのか。

ふたりが寺を出ていき、車が走り去る音がすると、エリカは草の中から出てきた。

「どうもいろいろと複雑そうね……」

と首を振る。

エリカは、あの発掘のキャンプへ行ってみることにした。もちろん、あの中の学生が殺されたのだから、テントをもう畳《たた》んで引き上げているかもしれないが。

行ってみると、まだテントは残っていたが、人の姿がない。見回していると、

「やあ、きみか」

と声がした。山下明夫《やましたあきお》だ。

「みんなどうしたんですか？」

「うん、警察へね……。えらいことになっちまったよ」

と山下は頭をかいた。

「あの学生さん、お気の毒でしたね」

「頭のいい子だったんだがね。——この間一緒だった子の家の裏で見つかったんだね」

「ええ、そうです。でも妙ですね。どうしてノッペラボーの面をつけていたんでしょう？」

「うん、不思議だ。きっと目隠しの代わりにかぶせられたんじゃないかな。襲ったやつがかぶせてから——」

「そうかもしれませんね」

「きみ、学校は？　――公用？　そうか。じゃ、ひとつコーヒーでもどうだい？」

今度は山下がコーヒーを作ってくれた。ふたりは、掘り返した穴のふちに立って、コーヒーをすすった。

「この前、話してくれた財宝の話、本当なんですか？」

とエリカがきくと、山下はちょっと笑って、

「でたらめさ」

と言った。

「女の子はああいう話が好きだからね。それでつい出まかせを言っちまった。――悪かったね」

「いいえ、べつに。そんなことじゃないかと思ってましたわ」

「きみはあの三人の中でも特に頭がよさそうだね」

「そんなこと……。ちょっと変わってるっていうだけです」

どう変わっているかは説明しにくい。

「どうもごちそうさまでした。――まだ発掘は続けるんですか？」

「いや、こんなことになってはね。あすの朝引き上げるつもりだよ」

と山下は残念そうに言った。

「それじゃ――」

エリカは足早に、林を抜けて歩いていった。頭の中で、何かが、おぼろにまとまりつつあるのを、感じていた。

学校へもどったのは、もう十二時を少し過ぎて、みんながお弁当を食べ終わるころだった。

「エリカ、どこでサボってたのよ！」

とみどりがぐっとにらむ。

「ねえ、ちょっと、捜してほしいものがあるんだけどな。急ぐのよ」

とエリカは言った。

「――そんなもの、何に使うの？」

千代子が目を丸くする。

「いいから。それが事件解決の鍵《かぎ》なんだからさ。説明はあと！」

「ふうん」

ともかく、勉強以外のことなら何にでも熱心である。三人で手分けして、やっと千代子が見つけてきた。

「これでいい？」

「そうね。じゃ、赤のマジック。そう。――ふーん、いいじゃない、なかなか」

「これ、どうするの？」

「もう少し休み時間があるわね」

エリカは腕時計を見て言うと、

「さて、たいやきでも買いに行く？」

と、みどりと千代子の顔を見た。

——たいやき屋のおばさんは、ちょうどひと息ついたところだった。

いちばん忙しい時間が過ぎて、

「さて、お茶でも飲もうかね」

と奥へはいりかけると、

「くださいな」

と声がした。なんだかくぐもり声だ。

「はいはい。いくつ？」

と、向き直って——おばさんはギャッと叫んで尻《しり》もちをついた。

真っ白なノッペラボーが、見下ろしている。

「や、やめて……。ごめんなさい！　嘘《うそ》をついて悪かったわ！　勘弁《かんべん》して！」

おばさんが床に頭をこすりつけながら、手を合わせる。

「——私よ、おばさん」

すっきりした声がする。口の広い、白い花びんに赤のマジックで口を描いた、即席のノッペラボーを頭からはずして、エリカが微笑《ほほえ》んでいる。

「あんた……だったの」

おばさんは、まだ床にへたり込んだままだ。千代子とみどりもやってきた。エリカは花びんを千代子へ渡すと、

「おばさん、どうしてノッペラボーを見たなんて嘘ついたの？」

ときいた。

「そ、それは……」

「中里にお金をもらって？」

何もかもわかっているらしいと知って、おばさんは、しゅんとなった。

「中里さんがねえ……主人のお墓をりっぱに造ってくださったんだよ。何しろたいやき屋の稼《かせ》ぎじゃ、いくら働いたって、お金はたまらない。——あの古寺に、葬《ほうむ》ってあるものの、墓石もなし。あんまりかわいそうだろう。そしたら、どうして知ったのか、中里さんがここへみえて、何百万円もするりっぱな墓石を建ててやるとおっしゃるのさ」

「で、その代わりに——」

「私に、ノッペラボーを見たって話をしろとおっしゃってね。——まあ、べつにだれがけがするってわけでもないし、と思って、引き受けたのさ」

「なんのためにそんなことをしようとしてるか、きいた？」

「よくわからないけど……」

とおばさんは首をひねって、

「なんでも、あの古寺を取り壊《こわ》して、マンションでも建てようか、って計画がある、って。お墓を潰《つぶ》すなんて、そりゃひどいよ、ねえ、だから、そんな化《ば》け物《もの》が出るとなりゃ、だれもそんなところにマンションなんか建てやしない。お墓もぶじだ、って言われてね。お墓を守るためなら、と思って……」

おばさんの話に嘘はなさそうだ。

「でも、どうしてM女子高の生徒ってことにしたのよ？」

とみどりがきいた。

「それはねえ……なんでもあの古寺の近くに、ここの生徒で、かなりおめでたいのが住んでるから、噂《うわさ》を広めるにゃ、それに見せるのがいちばんだ。どうせなら同じ学校の生徒ってことにしときゃいい、って、そう言ってたよ」

その「おめでたい生徒」がだれをさしているか、おのずと明らかである。みどりはゆでダコみたいに真っ赤になって、

「もう……のして叩いて、するめにしてやる！」

と腕まくりする。

「悪かったねえ。たいやきをずっとタダで食べさせてあげるから許しておくれ」

「本当？」

みどりがガラッと態度を変えた。

深夜。——ちょうど十二時を回ったころだった。

古寺の山門の前に、車が止まった。男たちが三人、降りてくる。手に手に、シャベルやスコップを持って、何やら布の袋を持っている。

「手早くやろう」

とリーダーらしい男が言った。

三人の男たちは、急ぎ足で墓地へ向かった。

「よし、その辺とこっちと……。適当に散らして埋めるんだ。少し深くしないと、本当らしく見えないぞ」

三人が散らばって、それぞれ、地面を掘り返しはじめる。しばらく、ザッ、ザッと土をかき出す音だけが、静まり返った墓地に響いていたが……。

「——おい、なんだあれは？」

とひとりが言った。

残るふたりも手を休めて、耳を澄ますと、山門のほうから、何やら音楽が聞こえてくる。テンポの早いダンス音楽だ。そして女の子たちのキャーキャー言う声。

「まずい！　おい、その辺に隠れるんだ」

三人が、草の中へ身を潜める。

ガヤガヤという声と音楽が近づいてきて、

「ここがいいよ」

「うん、お墓で踊るってのもイカシてる」

「ほら、ラジカセの音、大きくしてよ」

ガンガン音楽を鳴らしながら、七、八人はいるらしい、女の子たちが踊り出した。

「ちくしょう！」

リーダー格の男が、舌打ちする。

「こんな時間に！　親の顔が見たいぜ」

すると、すぐ後ろで、

「見たかったら見せたげるよ」

ヒョイとふり向くと、目の前に、真っ白なノッペラボーが……。

「ワッ！」

と飛び上がって、男が飛び出す。踊っていた女の子たちが、

「あら、一緒に踊らない？」

と声をかけた。——みんな、目も鼻もないノッペラボーだ。

「助けてくれ！」

男がわめいた。残るふたりが飛び出してきたが、やはり女の子たちを見て仰天《ぎようてん》し、一《いち》目散《もくさん》に逃げ出す。

山門にだれかが立ちはだかっていた。

「おい、どけ！　どかねえか、この野郎！」

男たちも夢中だ。シャベルを振りかざして殴《なぐ》りかかる。——と、あっという間にひとりが空中へほうり上げられた。続いてまたひとり。

「——あら、おとうさん」

追いかけてきたノッペラボーが、面をはずしながら言った。

「お楽しみのようだな」

フォン・クロロックがニヤニヤしながら、

「私好みの娘はおらんか？」

「何よ、新婚のくせに。浮気しちゃだめ。どうして来たの？」

「人殺しがあったとテレビで見たのだ」

「テレビ買ったの？」

「タダでもらってきたのだ。発電機も備えた。涼子《りようこ》が退屈するだろうと思ってな」

「愛妻家ね」

「『ドラえもん』はおもしろいな。今夜は見られなかった。残念だ」

「何言ってんの。——事件のほうはちゃんと解決したわよ。いまあっちでみんなにいじめられてるのが歴史学者の山下って男。中里っていう不動産屋が黒幕《くろまく》なのよ。この古寺の土地に目をつけて、まずノッペラボーが出るって噂で、持ち主から安く土地を買い叩いて、今度は財宝が出たっていうんで高く売りつけるつもりだったのね。そのために、少しだけ財宝を埋めて、わざと発見させよう、ってしたのよ。山下たちは本当に財宝を見つけたんだわ。でも、発表すればどれも自分のものにはならない。中里に話をして、売りさばこうとしたのね。それを中里がまた土地の値をつり上げるのに利用しようとした……。ただひとりだけ、女の学生が反対して、財宝のことを当局へ届けようとしたので、殺されちゃったのよ」

「ひどいやつだな」

「そうね。いかが？　ひとつこらしめる？」

　中里は目をさまして、ギョッとベッドに起き上がった。黒いマント姿の男が立っている。

「だれだ！」

「おなじみの吸血鬼だよ」

「ばか言え！　人を呼ぶぞ！」

「呼んでみろ」

クロロックの目が赤く光った。中里が射《い》すくめられたように動けなくなる。

「おまえのような人でなしは、犬になって警察まで這《は》っていけ！　そして全部白状するんだ！」

中里は、床へ四つん這いになると、

「ワン」

と吠《ほ》えた。クロロックがドアのほうを見るとドアがスッと開いた。中里が這って出ていく。

「どうだ、私の力も衰《おとろ》えとらんだろう」

裏の所で見ていたエリカをふり返って、クロロックは自慢げに言った。

「でも、大丈夫？」

「何がだ？」

「警察へ行っても、ワンワンばっかりじゃ、何言ってるのかわかんないわよ」

とエリカは言った。

「中里ってのがイカレちゃったらしいわね」

昼休み、校庭を散歩しながら、みどりが言った。

「犬の真似《まね》してみたり、吸血鬼がどうとか言ってるそうよ」

「ノッペラボーに吸血鬼か」

と千代子がため息をついて、

「今度は狼男《おおかみおとこ》か雪女か……」

「いやねえ。——ね、エリカ、みんなに——」

「わかってるわよ。ノッペラボーのアルバイト代でしょ。たいやきで払おうと思って」

「そうか。タダでいいもんね」

「ちゃんと払うのよ。おばさんに損させちゃ気の毒じゃないの」

「そうか……」

とみどりは残念そう。

「いいわよ。じゃ、これから一週間は私が払ってあげる」

「本当？」

みどりが目を輝かせた。

「むちゃくちゃ食べないでよ」

「大丈夫よ。せいぜい日に十個だもん」

エリカと千代子が、思わず胸を押さえた。聞いただけで胸焼けしてくる。

「あそこのお寺、結局なくなるらしいわね」

「ちゃんとお墓は移してくれるからいいのよ」

「よかった。もう近道してもノッペラボーに会わなくて済む」

とみどりが言った。千代子が、

「会いたくなったら鏡をごらんなさいよ」

千代子をみどりが追いかける。エリカも駆け出した。三人とも行き先はたいやき屋と決まっているのだ……。

第三話　女の園《その》に狼《おおかみ》が

1

「バイバイ」

「またあした」

「宿題忘れないでよ！」

下校時の校門。

何人ずつかのグループで出てくる者、ただひとり、孤独を愛する、といったようすで出てくる者、校門のところまで一緒で、そこでさんざん立ち話をしたあと、左右へ別れる者（上下へ別れることは、あまりない）。

いろいろではあるが、交わす言葉は似たようなものだ。

「腹減《へ》ったねえ」

「何か食べよう」

たまには例外もある。――食い意地の張ったことを言いながら出てきたのは、おなじみの橋口《はしぐち》みどりと大月千代子《おおつきちよこ》だ。

ともにM女子高の三年生。太めのみどり、長めの千代子と対照的なふたりだが、その対照が、いつも以上に際立《きわだ》つのは、その中間を埋《う》める存在である神代《かみしろ》エリカが抜けているからであった。

「アンミツにする？」

「焼きいもがいいよ」

知らない人が見たら、ふたりは、人生の大問題に直面していると思うにちがいない、深刻《しんこく》な顔つきで話し合いながら、歩きだした。

「ねえ、千代子」

「何よ？」

「エリカ、どうしたの？」

「知らない。何か用があるから先に帰ってってさ」

「ふーん」

みどりはちょっと考えてから、

「ねえ、いつも三人で行くお店に行こう！」

と提案した。

「何よ、もうあそこは飽《あ》きたって言ったの、みどりじゃない」

「そりゃそうだけどさ、いま、財政的な危機なのよね」

「私だって」

「だからさ、あそこにいりゃ、そのうちエリカが用も済んで、さて帰るか、ってことになって……」

「ちょいと何か食べて帰ろうかってことになって……」

「そうしてあの店へ来りゃ、エリカが払ってくれるもの」

「ウン、それで行こう!」

図々《ずうずう》しい理屈《りくつ》をこねて、ふたりは元気に足を速めた。そして、道路のわきに止めてあった、黒塗りの乗用車のそばを通り過ぎていったのだが……。

——車の中で、ひとりの男が、せっせとメモを取っていた。

「橋口みどり……。大食い、か。大月千代子、中食い」

中食いなんて日本語があるのかどうか。

ともかく、せっせと手帳にメモしている。——男は四十前後。少し頭がはげ上がって、てかてかと、ワックスでもかけたみたいに光っていた。

「きょうはもうひとりの女の子はどうしたのかな……」

と呟《つぶや》きながら、しばらく校門のほうを眺《なが》めていたが、もうほとんど学生の流れも絶えたらしい。

「ま、いいや」

と肩をすくめると、手帳を閉じてポケットへしまい込んだ。

「さて、きょうは引きあげるか」

と、男は車のエンジンを――かけるのかと思うと、車から降りてしまい、トコトコ歩きだした。

どうやら車は、仕事場としてのみ使われているらしいのだ。

「なかなかはかどらんなあ」

男はため息をついて首を振った。

「こんな調子じゃ間に合わんぞ……」

かなり深刻な問題をかかえているらしく、やたらにため息ばかりついている。そのせいか、男はあとをつけてくる人影に気づかなかった。

閑静《かんせい》な住宅地の中の道を、男は通っていく。――と、あとをつけていた人影が、曲り角のひとつへ、ふっと消えた。

男は、そのまま歩きつづけていたが、細い路地を抜けようとして、立ち止まった。

「なんだ、いつの間に――」

と言ったのは、目の前に、『工事中、迂回《うかい》』の立て札があったからだ。

男はしぶしぶ、回り道をすべく、方向を変えた。そして広い道がカーブしているところまで来て、また立ち止まった。

「どうなってるんだ？」

その道は、工事中で、ひどいぬかるみになっていた。昨夜の雨のせいだ。ほうぼうに水たまりもできている。

男はしばらくためらっていたが、やがて、恐《おそ》るおそる足を踏み出した。

柔《やわ》らかい土にズブズブと靴がめり込み、たちまち靴が泥《どろ》だらけ、底には厚く土がはりついて、足を持ち上げるにもひと苦労という始末。

「ちくしょう！　なんだってんだ？」

男は泣き出しそうな声を出した。

「おれになんの恨《うら》みがあるんだ？」

「恨みはないけどね」

急にどこかで声がして、男はびっくりして足を止めると、周囲をキョロキョロと見回した。

「ここ、ここ」

見上げると、高い石塀《いしべい》の上に、チョコンと腰かけているのは……。

「きみは、M女子高の子じゃないか」

「名前もご存じ？」

「神代エリカ、だろう」

「ご名答。賞品はカップラーメンひとつ」

「そんなところで何してるんだ？」

「あなたにききたいことがあってね」

「なんだって？」

「さっきの『迂回』の立て札、私が動かしといたの」

「それじゃ……」

「ここへ来てくれると話しやすいでしょ。人も来ないし。——ああ、さっきの立て札はちゃんとこっちへもどしてあるから」

「こんなひどいところを歩かせて！　ただじゃすまさんぞ！」

男は拳《こぶし》を振り回した。

そんなことで動じるエリカではない。何しろ吸血鬼の血筋を引いている美少女である。

「強がらないの。そこにいたんじゃ何もできないでしょ」

男は、ほとんど足首まで泥に埋まっている足を見下ろした。

「——どうしろっていうんだ？」

「話をしてくれればいいのよ」

とエリカはのんきに足をブラブラさせながら、言った。

「話すって何をだ？」

「白《しら》ばくれないで。この一週間、あなたは、下校する学生をずっと見張ってたじゃないの。ちゃんとわかってるんですからね。いったい何をやってるのか、きょうこそは確かめようと決心してついてきたの」

「そ、それは……」

と言い淀《よど》む。

「しゃべらないと、その泥の中から、なかなか出られないわよ」

「この小娘！　いまに見てろ！」

男が悔しそうに拳を突き出した。

「白状しなさいよ」

エリカは言った。

「焼け死にたくはないでしょう？」

「焼け死ぬ？――泥の中で？」

「よく匂《にお》いをかいでごらんなさい」

男はヒクヒクと鼻をうごめかしている。

「おわかり？　油くさいでしょう。タールの油が流れ出してるのよ。火をつければよく燃えるかもよ」

「おい！　ばかな真似《まね》はよせ！」

男があわてて叫んだ。

「やりたくはないのよね。でも、知らないうちに他人からあれこれ調べられるのもおもしろくないじゃない？」

エリカがマッチを取り出すと、一本、手にして目の前にかざした。

「あなた、どこの人？」

「そんなこと、答える必要なんかない」

不意に、エリカの手にしていたマッチが、パッと燃え上がった。男がギョッとする。

「あら、なんだか燃えやすいのね、このマッチ」

エリカが、燃えるマッチを落とした。

「よせ！」

男が目を見張る。マッチの火は下へ着く前に消えていた。エリカはもう一本マッチを手にして、男のほうへと突き出して、

「もう一度きくわよ。ちゃんと答えないと、今度こそ、火の海かも……」

「待ってくれ！　おれは何も知らないんだ」

「あ、そう」

またマッチが魔法でもかかったように、パッと点火する。

「よせ！　やめてくれ！」

エリカが、マッチを投げる。男のほうは、もう真っ青になっている。火は、落ちる直前に消えた。

「ああ、惜しかったなあ。もうちょっとで人間バーベキューになったのに」

また、手にしたマッチがパッと光を放って燃える。男のほうも、どうもまともな人間を相手にしているのではないと感じたらしい。

「わかった！　話すから、待ってくれ！」

男は降参《こうさん》した。


「あ、やっぱり来た！」

とみどりが声を上げた。

「なんだ、ここにいたの」

エリカは店へはいって、みどりと千代子のいる席へすわった。

「もしかしたら来るんじゃないか、って話してたのよね」

「そう。さすがに心が通じ合うわね、親友同士って」

千代子が言った。

「何言ってんの。人に払わせようなんて」

「ばれたか」

みどりがペロリと舌を出す。

「いいわ。払うわよ」

とエリカは言った。ひとり暮らしで、こづかいもなぜか豊富なのである。

「サンキュー！　それじゃ、ストロベリーパフェ追加！」

「おごってくれるとわかってから追加するなんてインチキよ」

とエリカは笑いながら言った。

「なんの用だったの、エリカ？」

「え？　ああ……。ちょっとね」

エリカはしばらく言い渋っていたが、やがてふたりの顔を見て、

「実はね、この前から――」

と話しかけた。そのとき、急に店の外で騒ぎが起こった。

「何かしら？」

「出てみよう！」

食べ物より、この手の好奇心のほうが優先するらしい。みどりと千代子がすぐに飛び出していく。エリカは仕方なくふたりのあとからついて表に出た。

道ばたに人垣ができている。

「交通事故よ」

「はねられたって」

と口ぐちに囁《ささや》き合っている。

吸血族として、好奇心は人並《ひとなみ》――いや。それ以上である。

人をかき分けるようにして中をのぞき込む。ひと足先に中へはいり込んでいたみどりと千代子が、

「死んでるみたいよ」

「だれか一一九番へかけたの？」

「さあ……」

と顔を見合わせる。

「かけてくる」

見物人のひとりが、急いで走っていった。

エリカは、倒れている男を見て、アッと思った。

ついさっき、エリカの質問攻《ぜ》めにあった、あの男だ。エリカは男のほうへかがみ込んだ。――死んでいる。

「だれか、はねられるのを見た人はいる？」

エリカが声をかけると、どこかの店員らしい若い男が、

「ああ、なんだか大きな車だったぜ。ポンってはねて、そのままいなくなっちまった。止まりもしなかったよ」

と言った。

エリカは考え込んだ。——この男は、もしかしたら、殺されたのかもしれない……。

「エリカ」

千代子に声をかけられて、エリカはふっと我に返った。

「なんだ、千代子。どうしたの？」

「どうしたのじゃないわよ。こっちがそうきこうと思ってたのに」

千代子がエリカの隣にすわった。

昼休みである。——校庭の隅《すみ》に、よくエリカたちが集まる木陰《こかげ》がある。

「みどりは？」

「たいやき買いに行ってるわ」

あたりまえじゃないの、と言わんばかりの調子で千代子が言った。

「ねえ、エリカ、ここ二、三日、やけに考え込んでるじゃない。どうしたのよ？」

「そう？——物想《ものおも》う年ごろなのよ」

「そう。エリカならわからないことないな。みどりじゃ吹き出しちゃうけど。——相手はだれなの？」

「相手？——いやねえ、だれが男の子のことだって言った？」

「だって、食べ物のことでなきゃボーイフレンドのことじゃない。大体がさ」

エリカはつい笑い出してしまった。

「――そうじゃないのよ。ちょっと気になることがあってね」

「話してみてよ」

「うん……。どうも漠然《ばくぜん》とした話なもんだから……」

と、エリカにしては歯切れが悪い。

「ねえ、ねえ！」

と、大声を上げながら、みどりが走ってきた。

「大変よ！　大事件！　世紀のトピックス！」

「大事件の割にゃ、たいやきをしっかりかかえ込んでるじゃない。どうしたの？」

「転校生が来るんですって！」

エリカと千代子は顔を見合わせた。

「いまの時期には珍しいわね、確かに」

とエリカが言った。

「でも、べつにそう大事件ってほどでもないじゃないの」

「あら、そう？」

とみどりがふてくされた顔で、

「転校生が男でも？」

「そんなのべつに珍しいことでも――」

と言いかけて、千代子が目を丸くした。

「なんですって？」

「女子高に男の生徒？」

エリカと千代子は同時に叫んで、

「――エリカ、きょうは四月一日？」

「違うんじゃない？　四月一日だと普通学校は休みよ」

「あ、そうか」

「この作者、いい加減だから何月何日って書いてないのよ」

（すみません）

「――でも、女子高に男なんてはいれないはずよ。どうなってんの？」

「詳《くわ》しいことはわかんないけどさ」

とみどりが珍しく素直に言った。

「なんでも校長の知ってる人の紹介とかで、特別な事情があるんだそうよ」

「きっと性転換したんじゃない？」

と千代子がユニークな意見を述《の》べた。

「何にしたって大事件ね。だけどさ。来るほうも来るほうじゃない？」

みどりはニヤニヤしている。何によらず、学校に事件が起こるというのは、学生たちにとって何よりの楽しみである。

「でも、どうもまともな話じゃないわね」

エリカは考え込んだ。

「学校が許可したのだって不思議だわ」

「まあいいじゃないの、変化があって」

みどりはあまり気にしていないようすである。

「どのクラスにはいるのかしら？」

「はいってきたって、どうしようもないチンケなのじゃ仕方ないしね」

みどりと千代子の関心は、エリカとは違うほうへ向けられているようだった。

この手のニュースの広まるスピードは、まさに音速以上。エリカたちが教室へもどると、もうその話でもちきりだった。

「体操の時間なんてどうすんのかしら？」

「キャッ、エッチ！」

「保健の時間にはその子を標本にしようよ」

なんて穏《おだ》やかならざることを言いだす者もあった。

——結局、その日のうちに乱れ飛んだ数え切れないほどの情報を総合して、はっきりしたことは、その男の学生は、エリカたちとは別のクラスへはいること、正規《せいき》の学生でなく、聴講生《ちょうこうせい》という資格で来るということぐらいだった。

「残念ねえ。むしってやろうと思ってたのにさ」

と、男の子と一対一になると口もきけないみどりが、いい気になって言いだした。

「でも、妙だわ」

「何よエリカ。さっきから、妙だ妙だって……。猫にでもなったの？」

「吸血鬼はオオカミとコウモリよ」

「え？」

「なんでもない。——ともかく、あすが楽しみだわ。あなたたちと別の意味でね」

とエリカは言った。

「——参った、って感じ」

とみどりが唸《うな》った。普通、みどりが唸るのは食べすぎたときと、食べようとしていたお菓子を他人に食べられてしまったとき（犬みたいだ）ぐらいなのだが。

「あれで本当に高三？　信じらんない」

というのは、保永泰利《ほながやすとし》——M女子高の唯一の男性だ——が、すらりと長身で、おとなびた雰囲気《ふんいき》を漂《ただよ》わせている美青年だったからだ。

朝のHR《ホームルーム》が終わったところで早くも、

「泰利さんは私のものよ！」

「何よ、オカチメンコ！」

といった言い合いが始まる始末だった。そのB組の者は、いいでしょ、と鼻が上を向き、ほかの組の者はシットの目を向ける、というわけである。

昼休みになると、保永泰利は、フラリと校庭へ出てきた。

みんなの目がその一点に注がれて、『熱い視線』というやつが本当に熱をもっていたら、きっと黒こげになっていたにちがいない。

「お昼は食べないのかしら？」

と、みどりが気にするのは、やはり食事のこと。

「ねえ、見て見て、こっちへ来るわよ」

千代子が言った。

三人は例によって、木陰のベンチに腰をおろしていたのだが、保永はぶらぶらと歩きながら、三人のほうへやってきた。

みどりと千代子は目を見交わし、あわてて、気づかないふりをする。エリカひとりが、じっとその若者を見ていた。

「――やあ」

明るい声だった。

「何してるんだい？」

「ごらんのとおりよ」

とエリカは答えた。

「女が三人寄れば噂話《うわさばなし》と決まってるわ」

「もしかして、ぼくのこともはいってるのかな」

「いくらかね」

「そりゃありがたいや」

と、若者らしい笑顔を見せて、

「ぼくは保永泰利」

「神代《かみしろ》エリカよ」

しばらくふたりは互いを見ていたが、

「一度ゆっくり話したいね」

「そのうち、きっと機会もできるでしょう」

「そうだね」

みどりや千代子は、ただもう胸がドキドキとハンマーのごとく打っていたので、何も感じなかったが、敏感な人間が見たら、このふたりの間には、ピンと張りつめた、甘いムードとは無縁のものがみなぎっていたことがわかっただろう。

「邪魔《じゃま》したね」

と保永は言った。

「いいえ」

エリカは、保永が行ってしまうと、ホッと肩で息をした。

「エリカずるいよ！」

「そうよ、自分だけ売り込んじゃって」

みどりと千代子に突っつかれて、

「え？　ああ、そうね。ごめんなさい」

とエリカは言った。

「いいのよ、どうせ私はブスだから」

「そうよ。エリカみたいな上品な美女とは違いますからね」

「そうめげないでよ」

エリカは苦笑して、

「あなたたちのこと、忘れてたわ」

「隣にすわってるのに？」

「それぐらいポーッとなっていたのね」

とみどりがいやみを言った。

「よしてよ。ポーッとした顔に見える？」

「見えるわ。少しみどりに似てきたもの」

と千代子が言った。みどりがつかみかかった。


M女子高の校長・三隅竜夫《みすみたつお》は、一見――いやどう見ても、どこぞの町工場のオッサンという印象だった。

あまり貫禄《かんろく》はないが、そう格式ばってそっくり返っているわけでもなく、親しみのもてるおじさんとして、割合に生徒にも人気がある。

私立の校長というのが、大方は名前のみで学校へはめったに顔を出さないのとは違って、この校長は、ほとんど毎日、学校へちゃんと来ていた。――まあ、それほどヒマだったということもあるのだが。

一応校長であるので、送り迎えにハイヤーが来ている。

きょうは少し早目に執務《しつむ》を終え、校門から車がはいってきたところへ、建物から出てきた。

「ご苦労さん」

と、後ろの席に乗り込み、

「うちへやってくれ」

と、座席にもたれて、疲れたように息をついた。

車が走り出す。三隅校長は半ば目を閉じてウトウトしていたが、やがてふっと目を開いて……。

「ん？　――ここは？」

と窓の外を見た。車は見たことのない林の中の道を走っている。

「おい！　道が違うぞ、きみ！」

「いいんですよ」

と女の声。

「そうか？　――おい、きみは――」

運転手はどう見ても男である。してみるといまの声は？

「コンニチハ、校長先生」

ヒョイと、助手席から顔が出た。

「きみは？」

「ご存じありませんか？」

「うちの生徒だったかな？　……名前は思い出せんが……」

「よーく、顔をごらんください」

「うん、見てるよ」

「目を見て。じーっと……そう……よく見てください」

エリカは、校長の目が二、三度、パチパチと瞬《また》きをくり返すのを見た。――ふらっと校長の頭が揺れる。

「これでよし」

エリカはうなずいた。催眠術もだいぶ上達した。割合単純な人間を相手になら、大体かけられるようになったし、いま、運転手がそうなっているように、半《なか》ば催眠状態で、運転はしていられるという、微妙な手加減も加えられるようになった。

「吸血鬼免許皆伝《めんきよかいでん》だわ！」

ひとりで悦《えっ》に入《い》っている。

「さて、と……。校長先生。聞こえますか？」

一言一言、かんで含めるような言い方をする。三隅校長が、

「うん……」

と、なんだかアメ玉を含んだような声で返事をする。

「私のきくことに答えてくださいね。わかりましたね？」

「うん」

「転校生の保永泰利を知っていますね？」

「保永……」

と呟《つぶや》くと、校長の顔がちょっと歪《ゆが》んだ。

「ちくしょう……気に入らん……」

「え？　何がですか？」

「あいつは……わしを……脅《おど》した……」

「脅して、無理に、男なのに入学させたわけですね？」

「そうだ……息子を……女子高へ入れろ……とぬかしおって……」

「息子を？　じゃ、校長先生を脅したのは、保永泰利の父親なんですね？」

「そうだ……。もし断れば……」

「断れば？　——どうするって言われたんです？」

「写真を……バラまくと……」

「写真？」

「女と一緒の……あいつの罠《わな》だったんだ」

きっと若い女とよろしくやっているところをパチリとやられたのだろう。

「しかしいい女だった……腰がくびれて……ヒップが大きくて……」

校長の顔に陶然《とうぜん》とした表情が浮かぶ。

「おノロケを聞きたいわけじゃないわ」

と、エリカは苦々《にがにが》しく言った。

「オーケー。そんなことじゃないかと思いました。――それじゃ、運転手さん、もどりましょうか」

とエリカが言うと、運転手はやおらUターンすべくハンドルを切った。

「ここはだめ！」

とエリカが叫んだときはすでに遅く、林の中の狭い道でぐっと曲がったのだから、結果は明らかで、車は林の中へと突っ込んで、立木へもろに衝突した。

低速運転だったので、べつにけがもなかったが、そのショックで運転手と校長の催眠術がとけたらしく、ウーンと唸《うな》り声を上げて、身動きする。

「まずい！」

エリカは素早く車から飛び出し、茂みの奥へと身を躍《おど》らせた。

私の腕も、これじゃまだまだね、とエリカは思った。

2

保《ほ》永泰利《ながやすとし》がM女子高へ聴講生としてやってきてから、半月たった。

もちろんいまでも目立つ存在ではあったし、何かと話題にはのぼったが、最初の数日間の、大騒ぎはもうしずまっていた。

この年齢の女の子たちには、ほかに気にすることが、いくらでもあるのだ。

そして相も変わらぬ日々がくり返されていた。少なくとも、表面上は。しかし……。

「――聞いた？」

みどりの話は、大体この質問から始まる。

『何を』が抜けていては、返事のしようもない。要するに、話のきっかけの決まり文句なのだ。

「何を？」

とき返したのは千代子だ。

エリカは、ちょうどクレープを口にほおばっていたのである。千代子はこれから食べようというところだったし、みどりはもう食べ終わっていた。

「B組でさ、英語のテストやったの」

「こっちだってやったじゃないの」

「それよ。だれがトップだったと思う？」

「B組なら、麻実《あさみ》か久仁子《くにこ》ね」

「と、思うでしょ。――稲尾《いなお》克子《かつこ》ですって」

「へえ！　あの子？　――まぐれね、きっと」

「そうかもね。私もそう思ったの」

「それで？」

「妙なのは、麻実とか久仁子の点なのよ」

「点数が？」

「信じられる？　ふたりとも三十点台だったっていうのよ」

「ウソだ！」

千代子が思わず声を上げた。

「――本当なの？」

「まちがいなし。本人たちの答案をこの目で見たんだもの」

「みどりが？」

「初江《はつえ》よ。あの子の言うことだもん、まちがいないわ」

「それにしたって……。あの秀才がふたりとも？」

「変でしょう？」

黙っていたエリカが、身を乗り出した。

「で、何かそのことで噂《うわさ》でもあるの？」

「ウン……。あの男の子のせいじゃないか、って」

「そうよ。ふたりともあれに気があったのよね。それで、争ってるうちに、勉強に手がつかなくなったんじゃないか、って……」

「それにしてもね」

と エリカは首を振りながら、

「もともとあれだけできる子だったのよ。たとえ全然準備していなくたって、そんなひどい点は取らないわ」

「よっぽど具合でも悪かったんじゃない？」

と千代子が言った。

「ふたりがそろって？——まさか」

三人がなんとなく黙り込んだ。そこへ、

「やあ、神代《かみしろ》君たち——」

と声がして、パーラーへはいってきたのは、噂をすれば、だが、英語の教師・竹居《たけい》だった。

まだ若いが、もうふたりの子持ち。しかし、あまり生活の疲れを感じさせないのが、生徒たちにはなかなか人気がある。

「こんにちは、先生」

「保永泰利？」

「うまそうだな。一緒にすわっていいか？」

「成績の話をしないと約束してくれれば、どうぞ」

「オーケー、約束だ。——おい、ぼくもクレープをくれ」

「先生、太りますよ」

「ふたりの娘に将来かじられるから、いまのうちにスネを太くしとくのさ」

まじめな顔で、竹居は言った。

しばらく、クラブの話や家族の話をしていたが、やがて、竹居は真顔《まがお》になって、

「実は、ちょっときみらにききたいことがあるんだ」

と言い出した。

「なんですか、先生？」

「——B組でのぼくのテストのこと、もう知ってるだろう」

三人はうなずいた。

「ぼくもびっくりしている。あのクラスは元来テストの平均点はいつもトップだった」

「うちと違って、ですね」

とみどりは言った。

「そういう意味じゃないよ。——まあ、あのクラスに、例の保永って男の子がいる。それのせいかとも思ってみた。しかし、ひとり、ふたりの子に影響を及ぼすならともかく、

クラス全体に、そんな力が及ぶとは、とっても考えられない」

「待ってください、先生」

とエリカが言った。

「じゃ、成績が悪かったのは、麻実と久仁子だけじゃなかったんですか？」

「なんだ、知らなかったのか」

竹居はうなずいて、

「そうなんだ。いつもなら、あの程度のテストで、クラス平均が六十五点以上――たぶん七十点近くはいっていた。それが今度のテストではなんと三十八点なんだ」

エリカたちは顔を見合わせた。

「これはどう見てもまともじゃない。何か理由があるはずだ。きみたち、何か耳にしてないか？」

三人とも、黙って首を振るばかりだった……。

竹居と別れて、歩きながら、エリカが言った。

「二、三日、風邪《かぜ》で休むわ」

「あら、熱でもあるの？」

「出る予定なの」

エリカが、まじめくさった顔で言った。

バスは深い山の間の道をゴトゴト揺れながら走っている。

「――お嬢さんよ」

すっかり顔を見覚えた運転士が、

「いつもの所だね？」

「お願いします」

バスはかつて『火《ひ》の木《き》村』のバス停のあった場所で止まって、エリカを降ろした。

いまは何もないので、もちろん、降りるのはエリカひとりだ。

エリカは、茂みをかき分けるようにして、山の中へとはいっていった。

無人の村となった火の木村を通り抜け、裏山を上がって、目ざす滝が見えた。

だいぶ慣れた道とはいえ、やはりひと苦労だ。

「エスカレーターでもつけといてくれりゃいいのに」

ブツブツ言いながら、滝の近くまで来るとビニールのレインコートをはおる。

岩伝いに滝へ近づき、滝壺《たきつぼ》の裏側へと滑《すべ》り込む。

中は広びろとした洞窟《どうくつ》である。

ここはエリカの父、フォン・クロロックの住居である。吸血鬼一族の長として、故国トランシルバニアを追われて、日本へやってきた。

そして日本女性と結婚し、生まれたのがエリカである。その母は、ずっと昔に死んでいた。

いまでは、エリカと同じM女子高の学生だった松山涼子を後妻に迎えて、新婚ホヤホヤのムードであった。

「あら、エリカさん」

と、奥から涼子が出てきた。

「おかあさん、お元気？」

「おかあさん、って呼ばないで」

と涼子が頰《ほお》を染めた。

「おとうさんは？」

「奥に……。さ、どうぞ」

岩穴を掘った居間も、昔は殺風景《さつぷうけい》だったが、いまは若妻のセンスで、ぐっとしゃれた感じになっている。

フォン・クロロックはテレビに見入っていた。

「おとうさん」

と声をかけたが、いっこうに返事なし。

「眠ってるの？」

「いまはだめなの」

と、涼子がクスクス忍《しの》び笑いをして、

「あのドラマの大ファンだから……」

「呆《あき》れた。——あれ、メロドラマでしょ？」

ジャーンと音楽が鳴って、『つづく』と字が出ると、

「エリカか。珍しいな」

とクロロックがふり返った。

「なんでメロドラマなんて見てるの？」

「不幸な恋人たちの身の上が、己《おのれ》を思い起こさせるのだ」

クロロックはグスンとすすり上げた。

吸血鬼がメロドラマを見て泣いてちゃ、さまにならない。

「それにこのドラマは主人公が看護師なので、よく手術の場面がある」

「それで？」

「輸血用の血液などが映ると、実にうまそうでいい」

「何言ってんの」

エリカは苦笑した。

「テレビにかみつかないでね」

「あたりまえだ。しかし、美女のうなじが映ると、そんな気になるな」

「浮気はだめよ」

「わかってる。そろそろ、夕食だ。泊まっていってもいいんだろう？」

「エリカさん、ぜひ泊まってね」

と涼子が手製のクッキーを出しながら、言った。

「私はいいけど、新婚夫婦の邪魔しちゃ悪いもの」

「何を言うか。おまえはこのソファーで寝ればいいのだ」

差別待遇ね、全く！

「――ところで、どうしてやってきたんだ？」

三人でワインを飲みながらの話が一段落つくと、クロロックがきいた。

「ちょっと、力を借りたいの」

「ほう。おまえがそう言うのは珍しいな」

「どうして？」

「いつもなら、自分ひとりでやると言ってきかんくせに」

「少しは成長したのよ」

「よほどの敵なんだな？『仮面ライダー』か何かに出てくるようなやつか？」

「すぐテレビの影響受けて。いやねえ」

「じゃ何者だ？」

「それが、よくわからないんだけど……」

エリカはちょっと考えてから、

「我がM女子高が危ないのよ」

「まあ、どうしたの？」

「だれか、M女子高を乗っ取ろうとしているやつがいるのよ」

とエリカは言った。

3

「ともかく、なんとか手を打たないと。このままでは、どうにもなりません」

M女子高の英語教師・竹居《たけい》は、校長の机をバンと叩《たた》いた。

「き、きみ……」

三隅《みすみ》校長は青くなって、

「机がこわれるじゃないか。これは中古品なんだからね」

「机ひとつぐらい、なんです！」

と竹居は今度は握りこぶしで、ドンと机を叩《たた》いた。机の上の電話がピョンと飛び上がった。

「わ、わかった! わかったから落ち着いてくれ!」

校長はあわてて言った。

「いいですか、大体、女子高に男子生徒を入れるなんてこと自体がどうかしている。そのせいで他の私立の教師からからかわれているのを、ご存じないのですか?」

「そ、それはまあ……」

「この学校の信用は著《いちじる》しく低下していますぞ!」

「そ、そうかね」

「あたりまえでしょう。しかも、学力の低下、活力の低下、血圧の低下――」

「血圧?」

「いや、これはまちがいです。給料の低下」

「それも関係ないんじゃないかね?」

「いや、これでM女子高の評判が落ちて、入学希望者が減ったらどうなります? 当然収入は減り、給料も減る。うちはこどもがふたりいるんです。三種類のおかずが二種類になったら、栄養失調になる」

竹居もいささか考えすぎのようである。

「つまり、あの保永《ほなが》ってガキを――いや、保永君にはすみやかに転校してもらうんです！」

「考えて——おくよ」

「そんな逃げ口上《こうじょう》は通用しませんぞ！」

「し、しかし、いったん入学させた以上は、我が校にも責任が——」

「責任というなら、ほかの生徒はどうなります！　あんな著しい学力の低下は前代未聞《ぜんだいみもん》ですよ！」

「わかった。そうツバを飛ばさんでくれ」

校長は渋《しぶ》い顔で、

「なあ、竹居君、これにはいろいろ事情というものが……」

「二乗か三乗《じじょう》か知りませんが、そんなものはクソ食らえです！」

「きみ！　教師がそんな口をきいてはいかんよ」

「英語で言いましょうか？」

「わしにわからんと思って——。まあ、もう少し待ってくれ。なんとか必ず手を打つから」

「あすの職員会議にはご返事を聞かせてください。よろしいですね？」

「あす？　せめて来週あたりじゃいかんかね、きみ？」

「あすです」

竹居は断固として言った。

「もし校長があす、なんら対策を表明されないときは——」

「どうするんだね？」

「この一件を週刊誌へ売り込みます」

校長が目を丸くした。

「きみ！　それじゃスキャンダルに——」

「金のためではありません。そうでもしなくては、問題の解決にはならないからです！」

「それは困る。わかった。——わかったよ、あすまでになんとかする」

「お約束願いたい」

校長はため息をついた。

「約束するよ」

ぐっと声が低くなった。

「では、あすは期待していますからね」

竹居がやっと納得したようすで言った。

校長室のドアの外で、中の話に耳を傾けていた人影が、すっと離れて、足早に姿を消した。

「あれだけ脅《おど》しときゃ、いくらことなかれ主義の校長だって、何か手を打つさ」

学校からの帰り道、竹居は笑いながら言った。

「週刊誌へ売り込むって言ったときの校長の顔ったらなかったぜ」

「あんまりおどしちゃかわいそうよ、気が小さいんだから、校長先生は」

と、一緒に歩いている根岸智美《ねぎしさとみ》が言った。二十七歳の、美人教師である。同じ英語担当ということもあって、竹居と仲がいい。

それでも妙な噂《うわさ》にならないのは、ふたりのカラッとした性格のせいだろう。

校長との話が長くなったので、もう、すっかり暗くなっている。ちょっと寂しい、裏道であった。

ふと竹居は足を止め、根岸智美を手で押さえた。

「竹居さん——」

「だれかいるぞ」

「え？」

ふたりの前に、黒い人影がふたつ、立ちはだかった。

「だれだ？」

と竹居はきいた。

「教師の竹居だな」

「それがどうした」

「口は災《わざわ》いのもとだぜ」

「なんだと？」

正面の敵だけなら、竹居とて負けはしないのだが、いつの間にか、後ろからもふたつの人影が忍《しの》び寄っていた。

竹居はいきなり棒のようなもので頭を殴《なぐ》られた。

「ウッ！」

とうめいてうずくまる。

「竹居さん！」

根岸智美が叫んだ。四人の男が、竹居に襲《おそ》いかかった。

「やめなさい！　何するの！」

という根岸智美の叫びも、なんの役にも立たなかった。殴る、けるの音がくり返されて、竹居は動かなくなった。

「――よけいな真似《まね》しやがるからだぜ」

とひとりが言った。

「竹居さん！」

と駆け寄ろうとした根岸智美の胸を、男のひとりがぐいとつかむ。

「何するの？　はなして！」

「へへ……。こっちは四人だぜ。逆《さか》らったってむださ。ちょいとかわいがってやるからな」

「なんですって！」

根岸智美は青ざめた。

「四人で楽しませてもらおうか。——おい。足を持て」

「やめて！　だれか！」

と叫んだ口へ、男の手がぐいとハンカチを押し込む。暴れようにも、四人の男が相手では、どうにもならない。

「先生よ、おとなしくしてりゃけがはさせねえぜ、ええ？」

と、男のひとりがニヤついた。そこへ、

「なんの騒ぎだ？」

と、突然、男の声がした。四人がびっくりしてふり向く。

暗がりの中なのに、なぜか、その男の姿ははっきりと浮き上がって見えた。長身で、黒いマントに身を包んでいる。

「なんだよ、おっさん。けがしたくなきゃ、黙って向こうへ行きな」

「女性に乱暴を働くとは、男の名に値《あたい》せんやつだな」

「なんだと？──なんだ、ちっとイカレてんのか、てめえ？」

「ばかにばかと言われるのは頭のいい証拠《しょうこ》だ。うれしいぞ」

「野郎、言わせときゃ……」

ひとりがつかみかかろうとすると、マントの男は指でチョイとその相手の胸をつついた。

「わっ！」

男が三メートル近くふっ飛んだ。

「やっつけろ！」

三人が飛びかかると、マントの男は──まあ、要するにフォン・クロロックなのである。当然のことながら──両手にひとりずつつまみ上げ、もうひとりをけとばした。

先にふっ飛ばされた男と、けとばされた男の上に、ひとりずつほうり投げられて、仲よく衝突《しょうとつ》した。

「いてて……」

「ちくしょう……」

四人がヨロヨロと起き上がる。

「ばか力め！」

ひとりがナイフを出した。

だ。

「これでも食らえ！」

ナイフが空《くう》を切って飛んだ。——フォン・クロロックの右手がそれを胸の前でつかんだ。

「まだ反射神経は衰《おとろ》えとらん」

と満足げに呟《つぶや》くと、まるで粘土《ねんど》か何かでできているかのごとく、手の中でぐいと丸めてしまった。これには四人が仰天《ぎょうてん》した。

「化《ば》け物だ！」

と、我先《われさき》に逃げ出す。フォン・クロロックがマントを広げると、ザザッと羽ばたくような音がして、四人の上へ覆《おお》いかぶさる。

何がどうなったのか——四人は十メートル近くもほうり投げられ、ウーンと呻《うめ》きつつ気を失った。

「正統の血をひく吸血一族の長《おさ》をつかまえて化け物とはなんだ！」

クロロックが憤然《ふんぜん》として言った。

「四人がかりで、か弱き女性を襲うようなやつこそ化け物だ！」

見れば、女教師は気を失って倒れている。クロロックは彼女をヒョイと小脇にかかえると、素早く姿を消した。

「——先生、具合、いかがですか」

エリカ、みどり、千代子の三人が、病室へはいると、そっと声をかけた。

「やあ、きみたちか。こいつはうれしいな」

ベッドで包帯のお化けみたいになっている竹居が元気に笑顔を見せた。

「笑う元気があってよかった」

とエリカがホッとしたように、

「遺言《ゆいごん》があれば聞いとこうと思ったんだけど、まだいいみたいですね」

「残念ながらね」

と竹居は笑って、

「いま、女房がもどってくると思うから、お茶でも飲んでけよ」

「お茶菓子は持ってきました」

と、みどりが、包みをあける。

「大福、いかがですか？」

「いまはいいよ。運動しないから胃にもたれる」

「そうだろうと思った」

みどりはひとりでムシャムシャやりはじめる。

「みどりったら、お見舞いに来て自分で食べてちゃしようがないじゃないの」

と千代子が呆《あき》れて言った。

「――根岸先生は大丈夫かい？」

と竹居がきいた。

「ええ、先生のかわりにB組を教えていますわ」

「そういえば、助けてくれたのは、神代《かみしろ》君の知り合いの人だとか……」

「ええ、まあ……。知り合いというか、知らないというか……」

とエリカがごまかす。――全くおとうさんったら、女性のほうだけ助けて、竹居先生のほうはコロッと忘れて置いてきちゃうんだから！

あとでエリカがあわてて駆けつけたのである。

「しかし、いったいどういうわけなのかなあ」

と竹居が首をひねる。

「もしかして――」

とエリカが、探《さぐ》るように、

「例の男子生徒のことが原因だとは思いません？」

竹居は真剣な顔でうなずいた。といっても、首もギプスをはめられているので、ごくわずかしか動かないが。

「そうかもしれない。――あの保永って男の子はなんとなく底知れないところがある。

校長は何か手を打ったかい？」

「いいえ、からきし」

「だろうと思った……」

と竹居はため息をついた。

「あれほど言ってやったのに」

「ことなかれ主義粉砕《ふんさい》！」

大福をほおばっていたみどりが突然そう言ったので、みんなが吹き出してしまった。

「何がおかしいのよう、私、大まじめなのに！」

とみどりがひとり、むくれていると……。

「やあ、根岸先生」

竹居が、ドアのほうへ目を向けて、言った。

エリカはふり向いて、根岸智美が、はいってくるのを見た。――が、どうもようすがおかしい。

なんだか、心ここにあらず、という感じで、視線があらぬほうをさまよっているのだ。

「先生、どうしたんですか？」

と声をかけると、根岸智美は、急にその場に崩《くず》れるように倒れた。

「先生！」

三人があわてて駆けつける。竹居が、看護師を呼ぶボタンを押した。

エリカは、気を失っている根岸智美を抱き起こしながら、ふと妙な匂《にお》いをかぎ取っていた。――きわめてわずかな、人間ではとても気づかない匂いだが、エリカの敏感な鼻が、それをかぎ取ったのだ。

看護師が駆けつけてきて、空《あ》いたベッドに寝かせ、しばらくすると、やっと目を開いた。

「――あ、私――どうしたのかしら」

「急に気を失ったんですよ。もう大丈夫ですか？」

「ええ……ありがとう」

と起き上がった。

「きょう、B組の授業をしててね、なんだか気分が悪くなったの」

「B組の？」

「そう。何か胸苦しくなって、――ごめんなさいね。竹居先生のお見舞いに来て、自分が倒れちゃね……」

「いま、お水持ってきます」

エリカは廊下を出ると、そっと手の中へ丸めこんでおいた、根岸智美のハンカチを、ポケットへ押し込んだ。

月夜、墓地、ときて、狼《おおかみ》がウオーンと吠《ほ》えれば、正《まさ》に吸血鬼には最高の舞台なのだが、月夜と墓地はなんとかなるにせよ、狼はどうにもならない。ここはやむを得ず、野良猫《のらねこ》のニヤーオというのを使うことにする。

エリカは、寂しい墓地の一郭《いっかく》に、座っていた。普通の女の子なら、怖くなって逃げ出すところだが、エリカのように吸血鬼一族の人間（?）には、むしろ墓地は心休まる場所のひとつなのである。

「いつまで寝てんの。起きてきてよ、いい加減に」

とボヤいていると、

「なんだ、来ていたのか」

と突然後ろで声がした。

「ああ、びっくりした」

クロロックが、何やら紙の包みを手に立っている。

「まだ寝てるんだとばっかり思ってた」

「そんななまけ者ではないぞ。早起きは三リットルの得、という」

「三文《さんもん》の得でしょ」

「私には血液三リットルのほうがいい」

「まじめにやってよ。なんなの、その包み？」

「涼子《りようこ》へのみやげだ」

「へえ、優《やさ》しいのね」

「あたりまえだ。エルメスのハンドバッグだぞ」

「よくお金持ってたわね」

「向こうがただでいいと言ったのだ」

「また！　催眠術かけたのね！」

とエリカがにらむ。

「そんなことより、どうだ、学校のほうは？」

「この匂い、記憶ない？」

とエリカは、根岸智美のハンカチを取り出した。

「香水か何かか？」

「そうじゃないと思うの。でも妙な匂いなのよ」

クロロックはハンカチを鼻に当てて、匂いをかいでいたが、やがて恐ろしくまじめな顔になって、

「これをどこで手に入れた？」

ときいた。エリカが説明すると、

「ふむ」

とむずかしい顔でうなずいた。

「なんだかわかる？」

「これは毒草だ」

「毒草？」

「そうだ。植物学的にはなんというか知らんが、中部ヨーロッパで、昔、使われていたものだ」

「何に使ったの？」

「麻薬の一種と考えればいい。これをいぶして煙を吸いこむと、しばらく感覚がマヒするのだ」

「それじゃ……」

「おそらくそのB組というところでは、かすかにその煙が漂《ただよ》うくらいにしてあったのだろう。人間の鼻には感じないくらいにな」

「その煙をずっと吸いつづけると、どうなるの？」

「少しずつ感覚も鈍《にぶ》り、知能が衰《おとろ》えてくる」

「――大変だ！」

「あの女性教師は、おそらく、普通の人間より感覚が鋭敏なのだろうな」

「だから匂いに気づいて、気持ち悪くなったのね」

とエリカはうなずいた。

「何か防ぐ手はないの？」

「そうだなあ……」

クロロックは考え込んだ……。


翌朝。——エリカは眠い目をこすって、朝六時に学校へやってきた。

もちろん、まだだれも来ていない。

エリカは教室にひとりで座って、眠気ざましに、ポットに入れて持ってきたコーヒーを飲んでいた。

六時十五分ごろだった。廊下を足音が近づいてくる。エリカの、人間の何倍も鋭い耳がそれをとらえた。

急いでポットを机の下へ入れて、自分は、廊下側の窓の下へ寝そべるように身を伏せた。これなら廊下からのぞいても見えない。

足音は、B組の前で止まり、戸がガラガラと開いた。

エリカは、しばらくじっとしていたが、やがてそっと起き上がると、廊下の窓を少しずつ少しずつあけた。

幸い新校舎なので、まだそうガタはきていない。なんとか、半分まであけると、窓枠《まどわく》へ足をかけて、廊下へ抜け出る。

B組の窓の下へと身をかがめていくと、そっとからだを起こし、窓から中をのぞいてみた。

保永泰利《やすとし》がいる。クラスの真ん中あたりの机の上に、何やら妙な形の器《うつわ》が置いてあり青い煙がゆっくりと立ちのぼっていた。

あの毒草を燃やしているのにちがいない。こうして、毎朝早く来ては、ああして煙を教室にしみ込ませておくのだ。

エリカはヒョイと頭を下げた。

保永が、何か気配に気づいたのか、廊下のほうをふり向いた。

「だれだ？」

と言いながら、足早に進んでくると、ガラリと戸をあけた。

廊下には人影らしきものはない。

「——気のせいかな」

と呟くと、保永が、教室の中へもどった。

エリカはホッと息を吐《は》き出した。——保永が教室の後ろの戸をあけると同時に前のほうの戸をあけて、教室の中へ、滑《すべ》り込んでいたのである。

保永が廊下を見回している間に、教壇《きょうだん》の机の中へ身を潜《ひそ》めていた。

なるほど、煙が、おそらく人間の鼻には感じない程度に漂っている。エリカの神経は少々人間とは違うので、べつに影響はなかったが、それにしても不思議なのは、保永自身がなぜ煙のせいでおかしくならないのか、ということだった。

やがて、毒草も燃え尽きたらしい。保永が道具をかたづけて、教室を出ていった。これでまた始業時間になったらやってくる、というわけだ。

エリカは、保永が遠ざかったのを見ると、急いで、教室の窓と戸を全部あけ放った。

これだけじゃだめだ。——エリカは、学校の、ガラクタがしまい込んである倉庫へと走った。

「ええと……確か、あったと思ったけどな……」

以前に捜し物をして中を引っかき回したことがあるので、古い扇風機があったのを思い出したのである。

「あった！」

埃《ほこり》だらけの、古い扇風機で、動くかどうかわからなかったが、ともかくかかえて、B組へと駆けもどる。

「動いてよ、お願いだから」

祈るように、コンセントを差し込み、スイッチを押した。——が、羽根はびくともしない。

「こら！　動け！」

そう言ったって、相手は扇風機である。叩いたり揺さぶったりしてみたが、全然手応《てごた》えなし。エリカは頭へきて、

「このオンボロ！」

とけとばした。——ブーンと唸《うな》る音がして、羽根が回り出した。

「きょうはB組、元気いいじゃない」

と、みどりが言った。

「本当ね。ここんとこみんなシュンとしてたのに」

千代子もうなずく。

昼休み、三人は、いつものとおりたいやきをパクついていた。

B組の生徒たちが、校庭でバレーボールをやっている。——エリカはひとりニヤニヤしながら眺《なが》めていた。

「ねえ、ほら——」

と千代子がエリカをつついた。

「彼が来るわよ」

保永が、ブラつきながら、三人のほうへやってきた。

「――やあ」

「こんにちは」

とエリカは言った。

「たいやき、食べる？」

「いや、いらないよ。――きみ、きょうはずいぶん早く学校へ来たね」

エリカは澄まして、

「あら、私はいつも遅刻すれすれよ」

「そうかな？」

「あなたは？」

とエリカがきいた。保永の目には、激しい怒りが燃え立つように見えた。

「――まあ、ゆっくり来るんだね」

そう言って、保永は歩いていってしまった。みどりと千代子は顔を見合わせて、

「どうなってんの、いまの話？」

「何かの暗号？」

とエリカを見た。エリカは黙々《もくもく》とたいやきを食べつづけていた。

——その日の最後の授業はホームルームだった。担任の教師は、何やら妙な顔でやってくると、

「神代君」

と呼んだ。

「はい」

「きみ……何かやったのか？」

「え？」

「いや、つまりその……身に覚えはあるかね？」

「なんの話ですか？」

「つまり……校長から、きみを停学処分にするとお達しがあったのだ」

「けしからん！」

クロロックが、憤然《ふんぜん》として、怒鳴《どな》った。

「名誉あるクロロックが、クロロック家の娘を、理由もなく停学処分とはなにごとか！　かみついてやる！」

「落ち着いてよ、おとうさん」

とエリカは笑った。

「おまえはよく腹が立たんな」

「学校サボれりゃ悪くないもんね」

「何を言うか」

「へへ……」

　エリカはペロッと舌を出した。

　あの墓地である。――エリカは考え込みながら、

「もちろん、これは例の保永が、校長を脅《おど》してやらせたのよ」

「その保永の父親ってのをなんとかせにゃなるまい」

「そうね。――あの車にはねられて死んだおっさんの話によると、こうなの」

　とエリカは言った。

「保永のおやじさんは、学園の理事長の座を狙《ねら》ってるわけなのよ。いまの理事長は創立者の息子。それに取ってかわるのは、容易なことじゃないわ。いくら保永の父親が勢力家でもね」

「ヤクザの親分なのだろう」

「といっても、いまの大親分は、外見は実業家と同じよ。昔みたいな、見るからにヤクザでございい、って顔してないわ」

「それがなぜ学校など欲しがる？」

「私の考えじゃ、あの毒草を売りさばきたいんじゃないかと思うの」

「麻薬としてか？　なるほど」

「長く使えば中毒になるでしょう」

「それはそうだ」

「B組はいわば実験台。——そのために、あのおっさんは、M女子高の中でも優秀なクラスを調べていたのよ」

「なるほど」

「それに学園の理事長となれば、絶好の地位でしょう。まさか理事長自《みずか》らが麻薬を売ってるとは思わないものね」

「じゃ生徒をみんな中毒にするつもりなのか？」

「そうじゃないと思うわ。だってあの調子でみんなの学力が落ちたら、あの学校、はいる子がいなくなるもの」

「それもそうだな」

「だから、B組の生徒は実験台だ、って言ったのよ。——きっと保永たちも、例の毒草のききめを、よくわかってないんだわ。だから、それを試《ため》すために、あの息子を送り込んだ……」

「その息子はきっと特異体質なのだな。毒草が全然きかん者も中にはあった」

「だから、男を女子高へ入れるなんて無茶をやったわけね。ほかの人間にはできないわけだもの」

「――それで、どうする？」

「うん……。やつらを追っ払うのは簡単だけど、保永がまたほかの学校で同じことをやるかもしれないでしょう」

「うん、そうだな」

「だから、ともかく、保永の父親そのものをなんとかしなくっちゃね」

「巧《うま》い手はあるか？」

クロロックはきいた。

「うん……。少々荒っぽいけどね」

とエリカは言った。

4

「――ふーん、すごい大邸宅《だいていたく》ね」

とエリカが言った。

月夜に照らされて、保永《ほなが》の屋敷はひっそりと静まり返っている。

高い塀《へい》の上は、ガラスが植え込んである。

クロロックは耳を澄ました。

「――庭には人間がいるぞ。見張りだろうな。――ふたり、いや三人だ」

「すごい耳ね」

「あたりまえだ。犬もいる」

「本当だ、唸《うな》り声は私も聞こえるわ」

「さて、どうやってはいるか」

「そうねえ、三人一度にやっつけるわけにはいかないでしょうし」

「騒ぎになっては面倒だ」

ふたりが考えていると、

「きみたち、何してるんだね？」

と声がして、懐中電灯の光がふたりを照らした。巡回中の警官である。

「こんなところで何をしている？」

ふたりは顔を見合わせてうなずき合った。

「お、おい、何をする！　よせ！」

警官がわめいた。

『保永邸通用口』と書かれた戸のボタンを押すと、小さな窓が開いて、男の目がのぞいた。

「なんだ？」

「パトロール中の警官である」

と、警官の制服を着込んだクロロックが言った。

「変な警官だな」

「怪《あや》しい人間が塀を乗り越えて中へはいった。すぐに中へ入れてほしい」

「ばか言うなよ。こっちはちゃんと見張ってんだぜ」

「本当か？　目が悪いのではないか？」

「ふざけんな。これでも視力は一・五だ」

「そうか。ちょっと目をよく見せろ。――こっちを見ろ」

ぐいとひとにらみで、催眠術にかかった。

「よし、ここをあけろ」

とクロロックは言った。

スッと通用門が開く。ふたりは中へはいった。

「ご苦労」

クロロックが拳《こぶし》で男の頭をゴチンとやると、男はのびてしまった。

「中へはいればこっちのものだ」

クロロックは制服を脱ぎ捨てた。

「あら、着てりゃいいのに。似合うわよ」

「ばか言え。吸血鬼はやはりマント姿でないとさまにならん」

「犬をどうする？」

「任せておけ。犬の祖先は狼《おおかみ》なのだ」

クロロックが、ウオーンと狼の遠吠《とおぼ》えを始めた。――ウオーン、ウオーンと夜空へこだまのように響きながら広がっていく。

ワンワンと犬の声がして、

「おい、待て！」

犬が走ってくる。呼び寄せられたのだろう。見張りがふたり、あわてて追いかけてきた。

クロロックが闇《やみ》を利用して、ふたりの背後へ回ると、いきなり首根っこをつかまえて、ふたつの頭をごちんとぶつけた。

「――これでよし」

「犬は？」

「見ろ、しっぽを振っとる」

「同類に見られたのね」

「行くぞ」

――広い屋敷の、建物のほうへ近づいていくと、ふとクロロックが足を止めた。

「待て。――匂わんか？」

「え？」

そういえば……あの毒草の匂いがする。

「どこかしら？」

「こっちだ」

地下へ下りる口があって、そこから匂いがもれてくるようだ。クロロックが鍵《かぎ》を壊して、ふたりは中へはいった。

さらに下へ行く階段があり、扉がある。その中へはいって、エリカは思わず、声を上げた。

「まあ！」

――そこは、屋敷の広さとほぼ同じくらいの広さを持った畑だった。太陽灯がカッといっぱいに照って、真昼のような明るさである。

「ここで栽培《さいばい》してたのね」

「味《あじ》なまねをしおって……」

「これじゃいくらでも造れるわけだ」

「どうする？　ひとつ持って帰るか」

「やめてよ。——ね、いいこと考えた！」

とエリカが目を輝かせた。

——約一時間たって、クロロックがもどってきた。

「どう？」

「一応全部テープで目張《めば》りしておいたぞ」

「私は、毒草の置いてあるところを見つけたわ。——じゃ、ひとつやりますか」

「うむ」

クロロックが手にしていた木の枝を、一本、目の前へかかげた。枝がさっと炎《ほのお》を上げて燃える。

「これを毒草の上へほうり込んで、と……」

ふたりは外へ出ると、地下室への扉をしめ、そこもテープで周囲を張りつけた。

「これでいぶされて出てくるわよ」

エリカがニヤッと笑った。

しばらくすると、煙が漂いはじめた。

「もれてきたわよ」

「大丈夫。この広さだ。風で散るさ」

「屋敷の中は煙だらけね。——おかしくなっちゃわない？」

「自業自得《じごうじとく》というものだ」

とクロロックは言った。

ドアをドンドン叩《たた》く音がする。——やっとテープが破れたらしく、どっと男たちが転がり出てきた。——むせ返って、よろけながら歩き出すが、すぐにバタバタと倒れる。

ドアからは白い煙が流れ出て、少し強くなった風に吹き散らされていった。


「やっぱし女子高は女だけがいいわ」

とみどりが言った。

きょうは、昼休みというのに、珍しくたいやきを食べていない。なぜなら、買いに行った千代子が、まだもどってこないからである。

「でも、わかんないんだけどさ」

とみどりが言った。

「何よ？」

とエリカがきいた。

「停学処分になって、またすぐ取り消されたでしょ。あれ、どういうこと？」

「事務のまちがいなのよ」

「へえ」

「本当は、保永泰利《やすとし》が退学だったのに、私が停学って、まちがって発表したのよ」

「ひどいまちがいね」

「学校なんていい加減だから」

「そう？　私の成績、いつもまちがいなくついてるわよ」

とみどりが苦情を言った。

「いいほうへまちがえてほしいんでしょ」

「当たり」

とみどりが笑った。

「おい」

男の声に、ふたりはふり返った。

保永泰利が、立っていた。千代子の首へ腕を回して、押さえつけている。

「よくもやってくれたな。おやじは当分イカレたままだぞ」

「自分のせいよ。そうか、あんたにはきかないのね」

「そうさ。おまえらに仕返ししてやる」

「やめなさい。逃げられないわよ」

「ふん。貴様らを殺してやりゃ、死んだってかまわねえさ」

本気なのだ。

千代子は首を絞《し》めつけられて青くなっている。手にしっかりとたいやきの袋をかかえているのがりっぱだった。

「手始めにこいつだ。――ふたりとも、こいつが絞め殺されるのをよく見てろよ」

「助けて！」

と千代子が泣き声を出した。

「千代子」

とエリカが声をかけた。

「死ぬんだったら、たいやき、こっちへちょうだい」

「何よ！　それでも友だちなの！」

保永が笑った。

「いい友だちを持って幸せだな」

千代子がたいやきの袋を投げると、エリカはそれを拾って、たいやきをひとつ取り出した。

「千代子、心残りでしょ。最後にひと口食べなさいよ」

エリカが一歩踏み出すと、手にしていたたいやきを力いっぱい投げつけた。

保永の顔へ、焼きたてのたいやきが命中した。中のアンがまだ熱いのだ。

「ワーッ！」

悲鳴を上げて、保永が千代子を離した。エリカが駆け寄ると、エイッと手刀で保永の首を打った。

保永が倒れて動かなくなった。

「ああ、やれやれ……」

千代子はまだ青い顔で震えている。

「――死んだの？」

「生きてるわよ、大丈夫」

とエリカは言った。

「よかった」

とみどりが言った。

「どうして？」

「たいやき代、取り立てなきゃ」

校長は顔を上げた。

「やあきみは――」

「神代です」

「いろいろ迷惑をかけてすまなかったね」

「いいえ。——校長先生」

「うん？」

エリカはじっと校長の目を見て、

「浮気したことは、奥さんに話しましたか？」

「いいや……」

校長のほうは催眠術にかかっているのだ。

「そんな秘密を作るから、悪いやつにやられるんです」

「そうだ」

「ちゃんと告白すべきです」

「告白する」

「すぐに電話しなさい」

「わかった……」

校長は、机の上の電話を取ってダイヤルを回した。

「ああ。おまえか？　——実は告白することがあるのだ……」

校長室を出ると、エリカは、事務室の女性へ、

「校長先生、あすお休みですって」

と声をかけた。

「それから——いまのうちに、キズテープ、用意しといたほうがいいと思います」

解　説

山前　譲

血を吸う鬼と書いて吸血鬼——怪奇幻想小説の世界で、これほどの人気キャラクターは他にいないだろう。燕尾服《えんびふく》にシルクハット、裏地が真っ赤な黒マントを翻《ひるがえ》し、夜な夜な現れては人の生き血を吸っていく。

その恐ろしい吸血鬼が日本にやってきた——わけではない。この全三話からなる連作ミステリー『吸血鬼はお年ごろ』の主人公は、まさにそのお年ごろ、花も恥じらう十八歳の美少女の神代《かみしろ》エリカである。M女子高に通う高校三年生で、好きとおるように色が白く、目鼻立ちがはっきりしている。やや小柄だがスタイルは悪くなく、成績もまあまあとのことだ。

そのエリカがさまざまな事件に巻き込まれて、みごとな推理で謎《なぞ》を解いていく——これでは普通のミステリーである。いや、それでももちろんまったく問題はないのだが、『吸血鬼はお年ごろ』というタイトルに偽《いつわ》りあり、だろう。

じつは彼女、吸血族の正統派、クロロック家一門である。故国トランシルヴァニアを追われて日本にやってきた父と、なんと日本人の母との間に生まれた女の子なのだ。当然ながら、吸血鬼の血を半分引いているエリカだが、べつに血を吸うわけではない。そのへんは普通の女の子である……いや、視覚や聴覚が鋭く、催眠術を使ったりと、ちょっと人間離れ（失礼！）したところもあるから、やはり普通の女の子とは言えないようだ。

第一話「永すぎた春」では、そのエリカがバスに乗って、山間《やまあい》の廃村を訪れている。村のはずれから狭い踏み分け道を進み、向かった先には滝が。そして、滝壺の裏側にはいり込む。そこは父、フォン・クロロックの住む洞窟《どうくつ》なのだ。奥に石造りの部屋があり、その中央に石棺《せきかん》が置かれている。陽《ひ》が落ちてそのふたが開くと——いや、すでにクロロックは起きていた。

古ぼけた衣を着た、まるで中世の修道士のようなスタイルのクロロック。本当の年齢は定かではないが、かなり長く生きている（？）のは間違いない。元伯爵《はくしゃく》で、吸血鬼一族の長だったが、吸血鬼にかまれると、かまれたほうも吸血鬼になってしまうという俗説が広まったおかげで、故国を追われ、流れ流れて日本へたどり着いた。

そう、ヨーロッパではヴァンパイアと一般的に言われる吸血鬼には、俗説が多いようだ。そもそもは不死の思想が根底にある。葬《ほうむ》られた死者が甦《よみがえ》り、生きているものの血を求めてさまよい歩く。「血」は生命の水であり、永遠の生命をもたらすのだ。本来、吸血鬼は生前のままの姿なので、決まったスタイルがあるわけではない。また、蝙蝠《こうもり》や狼《おおかみ》へ変身することはよく知られているが、それに限られているわけでもないのだ。

吸血鬼は人間だけでなく、家畜《かちく》を殺したりと、いろいろな害悪をもたらす。それはとても人間の仕業《しわざ》とは思えないような惨状……何か不可解なことが起こった時、超自然的なものによりどころを求める人間心理も、吸血鬼を各地に誕生させた一因のようである。

民話や伝説がルーツだけに、吸血鬼に定説を求めても無理なのかもしれない。だが、現在の吸血鬼のイメージが、一八九七年にイギリスで出版されたブラム・ストーカー（一八四七—一九一二）の小説『吸血鬼ドラキュラ』と、その作品を元にした映画によって作られたことは、間違いなく定説と言っていいだろう。

ストーカーはアイルランド生まれで、ヴィクトリア朝を代表する名優のマネージャを三十年近く務めたという。文学的評価を受けたのはだいぶ後のことになるが、『吸血鬼ドラキュラ』は、聖書につぐ世界的ベストセラーという説もあるほど、よく売れたようだ。もっとも、聖書につづくベストセラーと言われる作品は、他にもいろいろあるのだけれど。

じつは、それが最初に吸血鬼をテーマとした文学作品ではなかった。バイロンの主治医だったジョン・ポリドリの『吸血鬼』（Vinpire　一八一九）がその最初とされている。また、それ以前にもゲーテの譚詩《バラード》「コリントの花嫁」（一七九七）に美人の吸血鬼が描かれていたし、ストーカーが特に影響を受けたというシェリダン・レ・ファニュの『カーミラ』(一八七二)も有名だ。とはいえ、『吸血鬼ドラキュラ』が、今我々がまず思い浮かべる、吸血鬼のイメージを確立したのは間違いない。

そのドラキュラにはモデルがあった。十五世紀のルーマニア、トランシルヴァニア地方出身のワラキア公ことヴラド・ツェペシュである。オスマン帝国と対決した英雄で、当時からドラキュラ(ドラコレ)と呼ばれていた。

ただ、串刺《くしざ》し公《こう》とも言われているように、戦いのなかで残酷なこともあったとはいえ、肝心の吸血鬼伝説とヴラド・ツェペシュとはまったく縁がないのである。つまり、ストーカーはその名を借りただけだった。

ただ、ドラキュラのモデルであることに間違いはない。吸血鬼小説を執筆したのだから当然と言えるのだが、赤川次郎氏もこの人物にはずいぶん興味をそそられたようだ。一九八五年の夏、ヨーロッパを訪れた際、現存する唯一のドラキュラの肖像画を飾ってある城へ、わざわざ行っている。

それはオーストリア・インスブルックの郊外にあるアンブラス城だった。

特に、保存状態がいいのか、一五、六世紀に描かれた絵なのに、つい最近の絵のように、古びておらず、タッチがみずみずしく、色も鮮明だ。

ただ、もちろんこの絵のドラキュラは、牙《きば》をむき出してもいないし、マントをつけてもいない（あの「ドラキュラスタイル」は、映画でドラキュラを演じた、ベラ・ルゴシ以来のものである）。

ギョロッと目の大きな、太い口ひげをたくわえた、一人の武将の絵に過ぎない。

――「死者と墓と吸血鬼」（集英社文庫『猫は怖いか可愛いか』収録）

吸血鬼に興味のある向きは、ヨーロッパ旅行の折に訪れてみてはどうだろうか。もっとも、現在も飾ってあるかどうかは確認していないのだけれど……。

そして、赤川氏も触れているが、『吸血鬼ドラキュラ』を映画化した『ノスフェラチュ』（一九二二）や『魔人ドラキュラ』（一九三一）などによって、吸血鬼は銀幕の大スターとなっていく。今でも年に何本も吸血鬼映画が公開されている。もちろん欧米が主だが、よほど吸血鬼というのは好まれているようだ。また、不況になるとドラキュラ物が流行するという説があるようだが、さて本当だろうか。

吸血鬼小説も内外合わせると厖大《ぼうだい》な数になる。ちょっと古い資料だが、幻想文学出版局『ドラキュラ文学館』（一九九三）に掲載された「世界吸血鬼名鑑」は、十四ページもあるのだ。もちろん、エリカとクロロックの名もしっかり記されていた。

そんな人気キャラクターだけに、赤川作品にはまだ吸血鬼小説がある。

幼なじみの恋人を吸血鬼から救い出そうとするちょっぴり切ない青春ミステリー『ぼくが恋した吸血鬼』、命と引き換えに至上の演奏を可能にする呪《のろ》われたヴァイオリンを巡る戯曲「吸血鬼」、映画のタイトルから発想した短編「血とバラ」、連作『怪奇博物館』のなかの「吸血鬼の静かな眠り」、やはり連作『ふしぎな名画座』のなかの「［ドラキュラ」に恋して」などだ。しかし、赤川作品での吸血鬼といえばやはり、本書の神代エリカのその父のフォン・クロロックだ。

というのも、一九八一年に集英社コバルト文庫より刊行されたこの『吸血鬼はお年ごろ』を最初として、『吸血鬼株式会社』、『吸血鬼よ故郷を見よ』、『吸血鬼のための狂騒曲』と、シリーズ化されたからである。今では二十作を突破し、数ある赤川作品のなかでも、三毛猫ホームズのシリーズに続く冊数を誇っている。

本書の第一話でエリカが、密《ひそ》やかに暮らしている父のもとを訪れたのは、ある事件のことを相談するためだった。M女子高テニス部の部員が合宿中、何者かに殺されたのだが、みんな喉《のど》にかみ切られたような傷があり、失血状態だったのだ。まさか吸血鬼の仕業？

そしてなんと、その事件で危うく難を逃れたエリカの一年後輩の松山涼子《まつやまりようこ》と、クロロックは結婚してしまう。いや、エリカの母はもう亡くなっていたから、べつに問題はなかったのだが……。第二話の「幽霊たちの舞踏会」や第三話の「女の園に狼が」では、その新婚生活も見どころだ。

やがて涼子は妊娠し、あの洞窟ではさすがに無理と、クロロック夫妻はエリカと一緒に暮らしはじめる。そして、生まれた男の子は……いや、先走ってはいけない。まだシリーズはスタートしたばかりである。これからのお楽しみとしておこう。

この作品は一九八一年十二月、集英社コバルト文庫より刊行されました。

集英社文庫

〈吸血鬼はお年ごろ〉シリーズ第2巻

吸血鬼株式会社

赤川次郎

吸血鬼を父に持つ女子高生、神代エリカ。
近ごろ、身の周りで、怪奇な事件が続く。
死体が盗まれたり、献血車が強奪されたり…
犯人の目的は!?

集英社文庫

吸血鬼《きゅうけつき》はお年《とし》ごろ

2009年12月20日　第1刷
2022年10月19日　第6刷

定価はカバーに表示してあります。

著　者　赤川次郎《あかがわじろう》

発行者　樋口尚也

発行所　株式会社　集英社
東京都千代田区一ツ橋2-5-10　〒101-8050
電話　【編集部】03-3230-6095
【読者係】03-3230-6080
【販売部】03-3230-6393(書店専用)

印　刷　凸版印刷株式会社

製　本　凸版印刷株式会社

フォーマットデザイン　アリヤマデザインストア　　マークデザイン　居山浩二

本書の一部あるいは全部を無断で複写・複製することは、法律で認められた場合を除き、著作権の侵害となります。また、業者など、読者本人以外による本書のデジタル化は、いかなる場合でも一切認められませんのでご注意下さい。

造本には十分注意しておりますが、印刷・製本など製造上の不備がありましたら、お手数ですが小社「読者係」までご連絡下さい。古書店、フリマアプリ、オークションサイト等で入手されたものは対応いたしかねますのでご了承下さい。

© J. Akagawa 2009　Printed in Japan
ISBN978-4-08-746523-5 C0193